COLLECTION FOLIO

Régine Pernoud

Jeanne d'Arc

La reconquête de la France

Gallimard

La France vers 1431

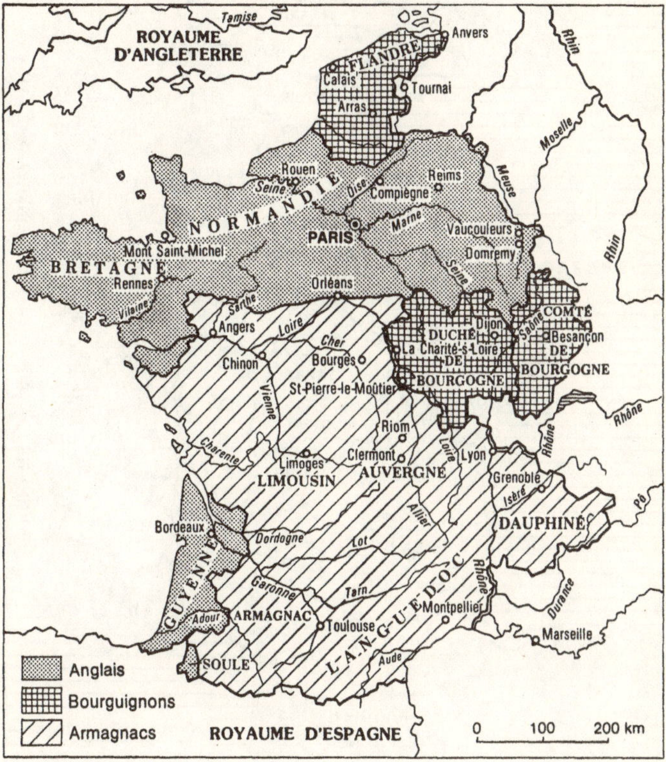

La France reconquise (1456)

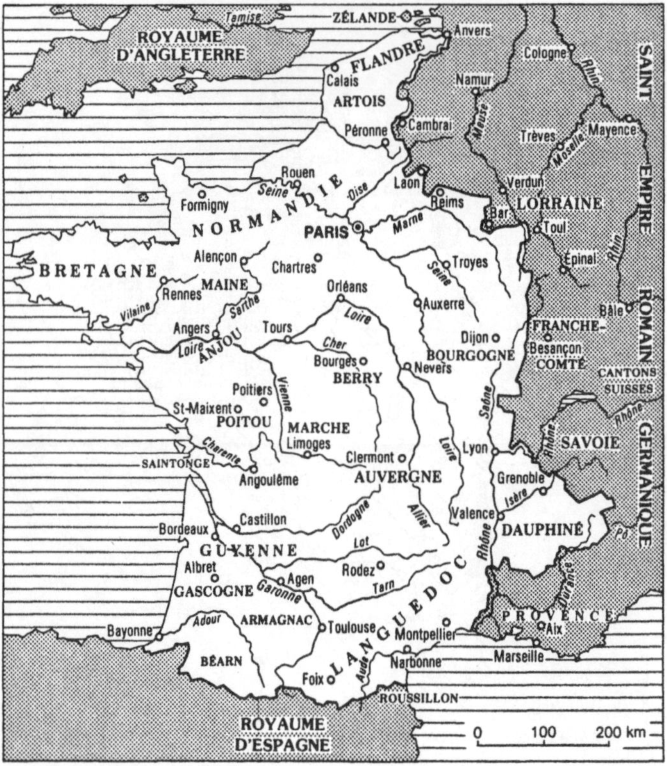

Introduction

Jeanne d'Arc est un personnage inépuisable. Pourtant je ne pensais pas me remettre à écrire sur elle dans l'immédiat, quand une remarque de Frédéric Pottecher, l'un de ceux qui à mes yeux la connaissent le mieux, m'a donné à réfléchir. « Les vies de Jeanne d'Arc, me disait-il, ne racontent jamais ce qui s'est passé entre sa condamnation et sa réhabilitation. »

C'est vrai. Il s'écoule pourtant, entre le 30 mai 1431 et le mois de février 1450, où est ordonnée la première enquête préalable au procès en nullité de la condamnation, dix-neuf ans, une durée presque égale à celle de la vie même de Jeanne.

Or, à y regarder de près, quantité de choses se passent durant ce laps de temps. En France, où le pays se retrouve lui-même, et où la dynastie anglaise, usurpatrice, des Lancastre subit d'étonnants revers de fortune, qui bientôt se révéleront irrémédiables. Et aussi dans le monde : songeons à ce que fut la prise de Constantinople par les Turcs en 1453, au moment où commençait le second procès de Jeanne, qui devait s'achever trois ans plus tard, en 1456. Sans oublier le changement radical d'atmosphère, le souffle de liberté enfin revenue, avec l'amnistie, l'« abolition générale », qui garantissait la liberté de ceux qu'un passé récent aurait pu accabler.

Ce retour progressif d'un peuple à l'indépendance, c'était l'accomplissement de la mission de Jeanne. « Tout cela, je l'ai vu s'accomplir », dira Seguin Seguin, se souvenant du jour où Jeanne, à Poitiers, évoquait la tâche qui lui était confiée.

C'est « tout cela » que nous avons voulu raconter, à travers les grandes dates de ce retour à l'indépendance qui a suivi la mort de Jeanne. Et, comme au temps de sa courte existence, toute une population surgit, des princes du sang aux gens du peuple, des universitaires aux combattants, de l'Église à l'État en formation.

Souhaitons que le lecteur y trouve l'intérêt que nous y avons pris nous-même.

RÉGINE PERNOUD

PROLOGUE

Jeanne est morte

« Une fois dans le feu, elle cria plus de six fois : “ Jésus ”, et surtout en son dernier souffle elle cria d’une voix forte : “ Jésus ”, au point que tous les assistants purent l’entendre : presque tous pleuraient de pitié. »

À ce cri qui a ébranlé la place du Vieux-Marché de Rouen, le 30 mai 1431, succèdent quelques ordres brièvement donnés : le bourreau doit repousser le feu en arrière pour que les assistants puissent voir la Pucelle morte, « afin qu’on ne dise pas qu’elle s’était évadée » ; ultime précaution.

La foule reste quelque temps en pleurs. Le notaire lui-même, celui qui, jour après jour, a enregistré les réponses de Jeanne au procès, Guillaume Manchon, reconnaîtra : « Jamais je ne pleurai tant pour chose qui m’advint, et par un mois après ne m’en pouvais bonnement apaiser. » Louis de Luxembourg, évêque de Thérouanne et frère de ce Jean de Luxembourg qui a vendu Jeanne aux Anglais, pleure sans retenue, et l'on va entendre un chanoine de Rouen, maître Jean Alépée, déclarer, en larmes : « Je voudrais que mon âme fût où je crois qu'est l'âme de cette femme. »

Lentement les groupes se dissipent, les soldats de l'escorte anglaise s'éloignent. Prêtres, juges, assistants divers, la foule commence à se disloquer, avec ici et là des murmures. On entend un secrétaire du roi d'Angleterre, Jean Tressard, tirer ce qui lui paraît être la leçon de cette exécution : « Nous sommes tous perdus, car c'est une bonne et sainte personne qui a été brûlée. » Et voici un autre Anglais, tenant encore sous le bras le fagot qu'il s'était juré d'ajouter au bûcher, qui demeure « tout frappé de stupeur et comme en extase ». Ses compagnons l'emmènent, le conduisent jusqu'à une taverne ; il se laisse faire, mais déclare à un frère prêcheur qu'il a gravement péché, que Jeanne était une sainte femme, car au moment où elle a rendu l'esprit, il a vu lui-même une colombe blanche « sortant du côté de France ». Quant au bourreau, Geoffroy Thérage, il se rendra le soir même au couvent des frères prêcheurs et demandera à se confesser : il craint d'être damné, car il a brûlé une sainte femme.

Il en est pourtant qui ne perdent pas la tête. À ce même bourreau, l'ordre est donné de réunir les cendres et les pauvres restes de

Jeanne — y compris ce cœur qu'il n'a pu parvenir à brûler, même en versant sur lui de la poix et du soufre — et de tout jeter à la Seine. Il faut empêcher que le peuple ignorant ne vienne ramasser des cendres et en faire des reliques. Rien ne doit rester de ce qui fut Jeanne la Pucelle : un souvenir à balayer totalement.

C'est bien ce que pensent les universitaires parisiens qui l'ont jugée, et qui ne vont pas s'attarder à Rouen. La plupart d'entre eux imitent Jean Beaupère, celui qui plus d'une fois a interrogé Jeanne au cours du procès, et qui n'a même pas attendu le jour du supplice pour prendre la route de Bâle. Là doit se tenir un concile, autrement plus important à leurs yeux que l'événement de Rouen. Tous en sont persuadés : une importante mission les attend, qui va consister à remplacer désormais le pape par des conciles, des institutions collégiales au lieu d'une personne. L'université de Paris est toute désignée pour cela, elle qui entend détenir « la clef de la chrétienté ». Cette tâche marquera l'Histoire bien plus que la condamnation dont ils ont dû s'occuper. Leur hâte à s'en débarrasser transparaît du reste dans les détails de l'exécution : la condamnée n'a pas été conduite, comme elle aurait du l'être, devant le juge séculier, à qui il revenait d'appliquer la sentence. Chacun était pressé d'en finir.

Si l'on porte maintenant le regard au-delà de Rouen, qu'en est-il, en ce 30 mai 1431, des principaux compagnons de Jeanne, de ceux qui ont été à ses côtés durant sa fulgurante aventure ? Ce même jour, le roi Charles VII écrit aux habitants de Reims pour leur recommander de bien recevoir le sire de Barbazan. Combattant tout à fait digne de Jeanne, « cœur d'argent fin, fleur de chevalerie », comme dira son épitaphe, il lutte alors en Champagne. Un autre des fidèles de la Pucelle, La Hire, guerroie en Normandie — où le bâtard d'Orléans, futur comte de Dunois, l'a rejoint au mois de mars, et ensemble ils défendent la cité de Louviers. Nous verrons hélas que les Anglais la prendront au mois d'octobre. Barbazan quant à lui trouvera la mort en juillet, à la bataille de Bulgnéville, au cours de laquelle le futur roi René d'Anjou sera fait prisonnier.

Charles d'Orléans lui-même va sans doute bientôt apprendre dans sa prison anglaise la mort de celle pour qui il avait ordonné de faire une huque de drap « vert perdu » l'année précédente, lorsqu'il avait eu vent de sa victoire à Orléans.

Où est, en ce jour tragique, le « beau duc » de Jeanne, Jean d'Alençon, qui n'a semble-t-il jamais pardonné à Charles VII de l'avoir séparé d'elle ? Et Gilles de Rais, songe-t-il déjà à la grande évocation théâtrale du siège d'Orléans qu'il va faire réaliser au cours des années suivantes dans la ville elle-même ?

Évoquant le supplice de Jeanne, André Malraux parlera, en un pathétique raccourci, des flammes « qui allaient traverser les siècles vers cette forme enfin immobile qui devenait le corps brûlé de la chevalerie ». Dans le recul de l'Histoire, la mort d'une jeune fille de dix-neuf ans met pour nous le point final à toute une époque. Nous allons voir comment, dans les faits, les vingt ans qui suivent cette mort ont été nécessaires pour que s'accomplissent toutes ces fins — de la chevalerie, de la guerre de Cent Ans, du Moyen Âge — et qu'une nouvelle époque apparaisse.

JUIN 1431

L'université de Paris valide et légitime l'exécution

Au moment où Jeanne meurt sur le bûcher, les Anglais, rappelons-le, restent maîtres de la Normandie, où Rouen est un peu leur capitale, et de la France du Nord dans son ensemble. Certes, la libération d'Orléans a été un coup d'arrêt dans leur marche victorieuse ; surtout, le sacre à Reims du roi légitime, Charles VII, a rendu illusoire pour une bonne partie du peuple français le titre de « roi de France et d'Angleterre » que continuait à porter le petit Henry VI — fermement soutenu par son oncle, Bedford, qui s'est proclamé « régent de France ». Ce dernier compte sur le soutien du duc de Bourgogne, et de l'université de Paris. Celle-ci a pris dès le début des événements le parti de l'occupant anglais, et élaboré la théorie de la « double monarchie », qui conférait les deux couronnes de France et d'Angleterre au vainqueur du jour, Henry V de Lancastre, puis après la mort de celui-ci à son fils, le futur

Henry VI. Et c'est encore l'université de Paris qui a mené le procès d'inquisition fait à Jeanne, lorsque celle-ci est tombée aux mains des Anglo-Bourguignons : en la brûlant comme hérétique relapse, on écartait l'obstacle majeur qu'elle représentait face au pouvoir de l'occupant.

Il importe désormais, avant toute autre chose, de rendre quelque prestige à la « double monarchie », bien ébranlée depuis le sacre de Reims. Chacun en est conscient, et particulièrement Pierre Cauchon, conservateur des privilèges de ladite université de Paris. Le titre d'universitaire lui va infiniment mieux que celui d'évêque qu'on lui donne généralement, puisqu'il n'a été élevé à l'épiscopat qu'une dizaine d'années auparavant, en récompense des négociations du traité de Troyes — qui instaurait la double monarchie et que désormais son évêché de Beauvais lui échappe, étant rentré dans l'obéissance du roi de France.

« Roi de France » : voilà le titre qui préoccupe Cauchon. Mais, s'il n'a dû son sacre qu'à une hérétique condamnée comme telle par l'Église, quelle valeur peut-on attribuer à ce sacre ? En condamnant Jeanne, le tribunal de Rouen compte bien avoir du même coup discrédité Charles VII. Cauchon manœuvre assidûment au lendemain du supplice. Dès le 7 juin, il réunit plusieurs des assesseurs au procès, qui affirment que Jeanne a renié ses voix avant de mourir :

« Vraiment, je vois bien qu'elles m'ont déçue », aurait-elle déclaré. Ils le répètent tous : Nicolas de Venderès, Thomas de Courcelles, Nicolas Loiseleur, Pierre Maurice, et même frère Martin Ladvenu et frère Jean Toutmouillé. Sans doute ne souhaitent-ils pas partager le sort du dominicain Pierre Bosquier, qui le jour même du supplice a été emprisonné et condamné au pain et à l'eau jusqu'à Pâques suivantes (presque un an !), pour avoir déclaré qu'en ce qui concernait Jeanne, « on avait mal jugé ».

Le notaire Guillaume Manchon refuse d'inclure ces témoignages, recueillis après la mort de Jeanne, dans le texte du procès — ce qui, en effet, eût été parfaitement illégal. Ils sont donc couchés par écrit, mais après le texte signé et scellé, et on les désigne depuis sous le nom d'« Informations posthumes ». Fort de ces « informations », Cauchon peut adresser ou faire adresser par l'université de Paris une lettre officielle au duc de Bedford, pour l'instruire du supplice de Jeanne, ainsi qu'« à l'empereur, aux rois et ducs et autres princes de toute la chrétienté ». D'autres lettres informent de même les comtes, les prélats, nobles et cités de France, et également le pape et le collège des cardinaux. Lui-même, Pierre Cauchon, se fait donner par le roi d'Angleterre des « lettres de garantie », promettant que les personnes qui avaient « besogné » au procès ne pourraient aucunement être mises en cause à ce propos. Bref, il s'entoure de toutes les précautions nécessaires, pour que l'action qu'il a menée en faisant condamner Jeanne ne puisse pas lui être reprochée !

L'année 1431 voit se dérouler à Paris des troubles qui sont plus ou moins la conséquence du bûcher de Rouen. Le « Bourgeois de Paris », dans son fameux Journal, qui reflète fidèlement la pensée et les opinions d'un clerc de l'université parisienne — ce qu'il est en réalité — parle de « meurtriers et larrons exécutés ou pendus au gibet » : probablement des tentatives de révoltes, des complots fomentés dans la capitale, comme lorsque Jeanne était venue en faire le siège. Il convient donc de redonner aux événements le cours qu'ils auraient eu si cette petite paysanne, cette Jeanne la Pucelle, n'était pas venue se mettre en travers.

On célèbre dans la ville sa condamnation et son supplice avec toute la solennité souhaitable. L'inquisiteur de France organise à Saint-Martin-des-Champs une vaste procession au jour de saint Martin le Bouillant (4 juillet), avec une prédication démontrant les erreurs et les fautes de cette fille visiblement inspirée par le démon, et que l'université de Paris a condamnée au feu. Comme pour confirmer ce retour à l'ordre, on apprend que l'un des plus proches soutiens de Jeanne, le capitaine La Hire, vient d'être fait prisonnier alors qu'il s'était attaqué au château de

Dourdan. Un autre de ses compagnons, Poton de Xaintrailles, est lui aussi capturé en ce même mois de juillet, lors d'une bataille livrée par les Armagnacs ; il est conduit à Rouen, où on l'enferme dans le château qui a déjà été la prison de la Pucelle.

25 OCTOBRE 1431

Les Anglais s'emparent de Louviers

« Ô Rouen, j'ai grand peur que tu n'aies à souffrir de ma mort ! »

C'est l'une des dernières paroles de Jeanne sur le bûcher, rapportée par Guillaume de La Chambre, le médecin qui l'avait examinée dans sa prison, lorsqu'elle était tombée malade aux environs de Pâques, et qui a assisté à son supplice. Il n'aura pas longtemps à attendre, et les autres Rouennais avec lui, pour voir la prédiction de la Pucelle se vérifier. Dès le lendemain de sa disparition, on constate des mouvements de troupes anglaises. Le 2 juin, donc trois jours après la mort de Jeanne, ordre est donné au trésorier du roi d'Angleterre, Thomas Blount, d'assurer le financement des engins de guerre nécessaires pour faire le siège de Louviers. Ce mandement, aujourd'hui conservé aux Archives nationales à Paris (coté AEII 448), est d'autant plus intéressant qu'il porte la signature de Laurent Calot, secrétaire du roi d'Angleterre ;

quelque temps plus tôt, lors de la scène de l'« abjuration » de Saint-Ouen, il avait tenu lui-même la main de Jeanne pour l'amener à signer la cédule qui lui était présentée. Autrement dit, un secrétaire efficace et dévoué.

Tout indique ce que bien des témoins confirmeront par la suite : les Anglais n'osaient pas entreprendre ce siège de Louviers tant que Jeanne était en vie. Toujours cette crainte des « artifices de la Pucelle » qui, de l'aveu même de Bedford, amenait quelques-uns des soldats anglais à déserter plutôt que de continuer à combattre en France. C'est ce que résumera un des témoins au procès de réhabilitation, en disant : « Comme Jeanne avait fait des merveilles à la guerre, et que les Anglais sont généralement superstitieux, ils estimaient qu'il y avait en elle quelque chose de magique. C'est pourquoi, dans tous leurs conseils et autrement, ils désiraient sa mort. » Et Jean Toutmouillé — celui qui avait accompagné dans la prison l'homme qui venait annoncer à Jeanne sa mort toute proche — dira des mêmes Anglais : « Aussitôt après la mort de Jeanne, ils sont allés planter le siège devant Louviers, estimant que durant sa vie jamais ils n'auraient gloire ni prospérité en faits de guerre. »

Louviers, qu'une boucle de la Seine sépare de Rouen, bien situé sur l'Eure, proche de Pont-de-l'Arche et de Vernon, est à la lisière d'une magnifique forêt. Demeuré aux mains des partisans du roi de France, sa situation, ses ressources excitent depuis longtemps la convoitise des Anglais. Le Bourgeois de Paris, en bon « collaborateur » qu'il est, nous explique sans ambages que, espérait-on, une fois Louviers tombé entre les mains de l'occupant, il arriverait dans la capitale « tant de bois que chacun s'en trouverait mieux ». Hélas, ajoute-t-il, huit jours après la reddition de la ville, « la bûche augmenta d'un tournoi ou plus à Paris ».

Le 25 octobre, en effet, les Armagnacs doivent se rendre et abandonner Louviers aux Anglais. Ceux-ci s'empressent d'abattre les remparts, au contraire des promesses qu'ils avaient faites aux habitants. Ces derniers vont se révolter en 1440 et chasser l'occupant ; Louviers deviendra alors le centre des opérations françaises en Normandie, et recevra tant de faveurs du roi de France qu'il prendra le nom de Louviers-le-Franc.

16 DÉCEMBRE 1431

Le roi d'Angleterre est couronné roi de France

Quelques victoires que puissent remporter les Anglais, le problème de la double monarchie, et de son crédit auprès du peuple, continue à se poser. Au sacre de Charles VII, on ne peut répondre que par un autre sacre. Le petit roi Henry VI porte la couronne d'Angleterre depuis l'année précédente : il a été couronné le 6 novembre 1429 à Westminster. Il faut maintenant sans tarder lui faire remettre solennellement celle de France. Plus question d'aller à Reims, la ville traditionnelle du sacre, qui est revenue entre les mains des Français ; mais le couronnement peut aussi avoir lieu à Paris, à Notre-Dame, et c'est donc ce qui est décidé. La date de la cérémonie est fixée au 16 décembre 1431.

Richard Beauchamp, comte de Warwick, gouverneur de Rouen et précepteur du petit Henry VI, remonte la Seine avec sa suite pour gagner Paris, en compagnie du jeune roi. Celui-ci passe une nuit à l'abbaye de Saint-Denis avant de faire son entrée dans la capitale. Le Bourgeois de Paris donne force détails à ce sujet : « À la porte Saint-Denis se tenaient le prévôt des marchands et les échevins tous en rang, vêtus de rouge, chapeau en tête. Dès que le roi entra en ville, ils étendirent au-dessus de lui un grand dais d'azur, semé de fleurs de lys d'or, et le portèrent comme on fait pour le saint sacrement à la Fête-Dieu, et mieux encore car chacun criait Noël sur son passage. »

Selon l'usage, de place en place sont organisés sur le parcours des spectacles destinés à égayer le royal visiteur. Au Ponceau-Saint-Denis, ce sont trois sirènes « au milieu desquelles était un lys dont les fleurs et les boutons jetaient du vin et du lait, dont buvait qui voulait ou qui pouvait. Au-dessus, des sauvages s'ébattaient dans un petit bois et jouaient très gaiement avec des écus ». Plus loin, à la Trinité, est représenté « le mystère de la Conception de Notre-Dame jusqu'à la Fuite en Égypte peint sur un échafaudage s'étendant au-delà de Saint-Sauveur jusqu'au bout de la rue Darnétal ».

Comme il est d'usage aussi, les principales maîtrises ou jurandes se relaient pour porter le dais. Ainsi, aux Innocents, les épiciers le portent jusque devant le Châtelet, où l'on peut assister à un très beau mystère. Les changeurs prennent ensuite le relais jusqu'au Palais-Royal ; après eux les orfèvres, puis les pelletiers, enfin les bouchers jusqu'à l'hôtel des Tournelles. À l'hôtel Saint-Pol, la reine de France Isabeau, femme de feu Charles VI, est aux fenêtres en compagnie de dames et de demoiselles. En voyant le roi Henry, son petit-fils, « elle s'inclina très humblement vers lui et se retourna en pleurant, tandis que le jeune roi ôtait son chapeau et la saluait ». Instant d'émotion dans ce cortège. Il devait y avoir bien des raisons aux larmes d'Isabeau — la première étant d'ailleurs l'absence de sa fille Catherine, qui avait épousé, en vertu du traité de Troyes, le roi Henry V, et dont on disait que son veuvage commençait à lui peser... Toujours est-il qu'elle ne s'était pas déplacée pour le couronnement de son fils comme roi de France.

Le Bourgeois de Paris se montre moins prolixe pour raconter le couronnement lui-même : « Le dimanche 16 décembre, de bon matin, le roi Henry vint à pied du Palais-Royal à Notre-Dame, accompagné des processions de la ville qui chantaient très mélodieusement. À Notre-Dame, une longue et large estrade, où dix hommes pouvaient monter de front, était dressée devant le chœur. Les degrés en étaient peints d'azur et semés de fleurs de lys d'or. C'est par là que le roi monta avec toute sa suite pour redescendre dans le chœur, où il fut sacré de la main du cardinal de Vincestre (Winchester). » C'est donc un cardinal anglais, un Beaufort de la branche des Lancastre, qui procède au couronnement. À ses côtés, deux personnages inévitables : Pierre Cauchon en tant qu'évêque de Beauvais et Jean de Mailly, évêque de Noyon, son fidèle compagnon.

Le Bourgeois de Paris se garde également de mentionner les ridicules querelles de préséance qui ont lieu à cette occasion : l'évêque de Paris, Jacques du Chastellier, revendique publiquement la place qui lui revient dans sa propre cathédrale. Quant aux « pairs laïcs » — les seigneurs qui auraient dû figurer à côté des « pairs ecclésiastiques » — ils sont absents. Même le duc de Bourgogne, expressément invité, ne s'est pas dérangé. Seuls sont là le duc de Bedford et le duc d'York.

En revanche, notre auteur s'étend quelque peu sur le repas traditionnel qui suit la cérémonie du sacre, et qui a lieu dans la grande salle du palais. Mais il est servi dans une intense bousculade, et d'ailleurs « si mal servi que personne n'eut à se louer du repas. La plupart des viandes, surtout celles que l'on destinait au commun, avaient été cuites le jeudi précédent, ce qui semblait très étrange aux Français... Même les malades de l'Hôtel-Dieu dirent que jamais ils n'avaient vu à Paris des restes si pauvres et si maigres ». Grave erreur psychologique que cette carence gastronomique, révélant le fossé qui sépare déjà les Français et les Anglais sur ce terrain...

Du reste, les cérémonies dans leur ensemble sont jugées piteuses. Le Bourgeois de Paris, pourtant résolument favorable à l'occupant, remarque non sans aigreur : « Certes on a vu maintes fois à Paris des mariages d'enfants de bourgeois qui profitaient beaucoup plus aux orfèvres, batteurs d'or, bref à tous les métiers de luxe, que le sacre du roi avec ses joutes et tous ces Anglais. » Qui plus est, quand le petit roi quitte Paris, dès le lendemain de Noël, c'est sans aucun de ces octrois de grâces qui sont traditionnels en pareils cas : levée d'imposition, libération de prisonniers ou autres. « On n'entendit jamais personne, conclut notre auteur, en particulier ou en public, se louer de son séjour, et cependant jamais un roi n'avait été honoré comme lui à son entrée ou à son sacre. »

Bref, déception sur toute la ligne, et les jours qui vont suivre n'apporteront aucune sorte de réconfort aux Parisiens, car l'hiver va être très dur. Le 13 janvier 1432 commence une très forte gelée, la Seine peut être traversée à pied sec ; quand cette gelée prend fin au bout de dix-sept jours, le fleuve se met à monter, au point que les eaux submergent la place Maubert. C'est ce que détaille à nouveau le Bourgeois de Paris, tout en notant imperturbablement le prix des denrées, qui ne cesse d'augmenter : « Au mois de mars, les eaux furent si hautes qu'elles atteignirent en grève l'hôtel de Ville, et qu'elles montèrent place Maubert jusqu'à la moitié du Marché aux pains. Tous les marais depuis la porte Saint-Martin jusqu'à mi-chemin de la porte Saint-Antoine furent noyés jusqu'au 8 avril. Depuis Noël jusqu'après Pâques, qui fut le 20 avril, on ne mangea pas de verdure, car pour en faire une écuelle il en coûtait un blanc (dix deniers tournois). Les bonnes fèves coûtaient douze blancs le boisseau, et les pois quatorze ou quinze blancs. »

Les hivers qui suivront jusqu'en 1435 s'accompagneront tous de neige et de glace, si bien que la population, exténuée, mal chauffée, mal nourrie, va connaître l'une des périodes les plus douloureuses de son histoire. L'état de guerre renaît périodiquement, paralysant la vie quotidienne, aggravant la cherté des vivres, tandis que des retours d'épidémies se font sentir, notamment vers la fin de l'année 1432. Terrible période pour cette capitale déchirée, que Jeanne avait tenté en vain de rendre à son roi légitime.

1432

Pierre Cauchon est envoyé à Lisieux

Pierre Cauchon profite du sacre pour faire rendre à l'université de Paris ses privilèges passés et confirmer ses libertés. On le voit agir pour cela à diverses reprises, envoyer lettre sur lettre pour que les universitaires soient désormais exemptés de toute imposition, ainsi que du guet et de la garde des portes. Dans la ville médiévale, en effet, l'usage veut que les diverses collectivités, métiers et autres, assument tour à tour les charges nécessaires, comme la surveillance des portes le jour et le guet durant la nuit, afin de prévenir les assauts possibles ou le brigandage. Ainsi à Orléans, où les registres de commerce ont été conservés, constate-t-on que veillent à tour de rôle les métiers de l'alimentation, ceux du textile (fabricants de toile) et du travail des cuirs et peaux, les artisans du bois (tonneaux, etc.), ceux du bâtiment, etc. Tous les groupes professionnels prennent ainsi leur part de la surveillance de la cité. Mais les maîtres de l'université entendent être dispensés de telles obligations. Et les universitaires parisiens peuvent se targuer d'avoir un excellent « conservateur » de leurs privilèges.

Cauchon va pourtant être obligé de se démettre de ce titre et de ses fonctions, car dès 1432 il est transféré au siège de Lisieux. Il avait sans nul doute espéré obtenir l'archevêché de Rouen, mais il semble bien qu'il lui soit arrivé, comme le remarque Gabriel Hanotaux, ce qui arrive aux serviteurs trop complaisants, dont la rétribution ne comble pas toujours les espoirs qu'ils y avaient mis. C'est Hugues d'Orges, ancien évêque de Chalon-sur-Saône, qui a été nommé archevêque de Rouen en 1431 ; il mourra en 1436, et Louis de Luxembourg lui succédera.

Bien plus, Cauchon doit se sentir frappé au cœur lorsque les Anglais entreprennent, en 1432, de constituer une nouvelle université à Caen. Cela va lui créer des ennemis au sein même de ces universitaires parisiens pourtant si dévoués à la cause anglaise. L'université de Paris, qui considère volontiers le savoir comme son monopole, a déjà été ulcérée de la création de celle de Poitiers — qui rassemblait précisément les transfuges, les « résistants » qui, comme Jean Gerson, ont préféré refuser les prébendes et honneurs dont ils étaient gratifiés par l'occupant. Mais que l'occupant lui-même érige, dans cette Normandie qu'il revendique, un autre corps universitaire, c'est un coup qu'il leur porte directement !

Cauchon pourra se consoler en recevant la — forte — somme de 1 407 livres, représentant le premier versement qui lui est fait par les autorités anglaises pour le procès de Jeanne d'Arc. Le reliquat, soit 770 livres, lui sera versé un peu plus tard.

FÉVRIER 1432

Un coup d'éclat des « résistants » pro-français

Après la mort de Jeanne, les Anglais, on l'a dit, ont très vite repris l'offensive sur le terrain ; mais les Français ne sont pas restés totalement inactifs. Les Rouennais, encore eux, vont être les premiers à s'en rendre compte. Un matin de février 1432, une nouvelle stupéfiante parcourt la ville : des Français en armes se sont emparés du château de Bouvreuil — celui où Jeanne était emprisonnée l'année précédente !

Une opération surprise, d'une extrême audace, a été menée au cours de la nuit. C'est un nommé Ricarville qui l'a conduite, à la tête d'une centaine d'hommes seulement, mais en fait l'opération a été préparée à Beauvais, qui s'était rendue au roi de France au moment du sacre de Charles VII, et où la garnison est commandée par Jean de Brosse, maréchal de Boussac. Il a été un des plus fidèles compagnons de Jeanne, participant à la libération d'Orléans, à celle de Beaugency, à la bataille de Patay ; le jour du sacre à Reims, il était l'un des quatre chevaliers escortant la Sainte Ampoule, avec les sires de Rais, de Graville, et Étienne de Vignolles, dit La Hire. Avec son appui, l'opération de Bouvreuil a été préparée de main de maître. Ricarville a même pu bénéficier de la complicité d'un soldat anglais, gardien de l'une des portes de l'édifice, qu'il a ouverte pendant la nuit. Le défenseur et gouverneur précédent du château de Rouen, Richard Beauchamp, comte de Warwick, n'est plus là : il a regagné l'Angleterre, après avoir escorté à Paris le petit roi Henry VI, et c'est désormais le comte d'Arundel qui le remplace. Les assaillants se trouvent maîtres de la plus grande partie du château, à l'exception d'une tour où se sont réfugiés Arundel et sa garnison.

Pourtant ce coup de maître va rester sans lendemain. S'il faut en croire la chronique de Normandie, Arundel, retranché dans sa tour, aurait dépêché l'un de ses compagnons à l'extérieur pour consulter les Rouennais. Réflexe démocratique somme toute : à qui les habitants veulent-ils obéir ? L'homme a dû s'adresser aux clercs de l'archevêché, alors partisans de l'occupant. On lui répond que les Rouennais « tiendraient pour le roi de France et d'Angleterre », et l'on complète la nouvelle en lui confiant, à l'usage du prisonnier, le « grand cordail » utilisé à la cathédrale pour le nettoyage des voûtes ; il s'agit des solides cordages et du panier utilisés pour hisser jusqu'en haut le sacristain préposé à cette tâche. Le comte prend place une nuit dans le panier, et parvient ainsi à quitter subrepticement le château pour se réfugier en ville ; ainsi sauve-t-il sa vie. De là il fait contacter Bedford à Paris, dont l'ordre est formel : « Écrasez les rebelles, si nécessaire sous les ruines du château. »

Ricarville, qui ne peut correspondre avec les troupes du maréchal de Boussac, constatant qu'il est privé de celui qu'il croyait détenir en otage, n'a d'autre solution que de se livrer. Il est exécuté, en conservant ses armes à la main ; ses cent trois compagnons, faits prisonniers par des renforts arrivés en hâte, sont tous décapités sur la place du Vieux-Marché, de la main même de Geoffroy Thérage qui avait été le bourreau de Jeanne d'Arc. Terrifiante exécution, sous les yeux de la population rouennaise. Par la suite, Bedford viendra lui-même occuper le château de Rouen, théâtre de cette superbe et inutile démonstration de « résistance », et c'est là qu'il mourra, le 14 septembre 1435. Il se passera encore longtemps avant qu'un nouveau coup de main — celui-là soutenu par toute la population — parvienne à expulser l'occupant de la ville.

30 MAI 1432

À Orléans, première messe à la mémoire de la Pucelle

Comme on pouvait s'y attendre, la différence d'atmosphère est saisissante entre Rouen et Orléans pendant ces années qui suivent immédiatement le supplice de Jeanne. On passe d'une ville occupée à une ville libérée, avec toutes les conséquences que cela entraîne.

La vie a repris à Orléans dès le 8 mai 1429, jour de la libération de la cité. Ce soir-là une messe a été chantée à Saint-Paul et un sermon prononcé par frère Louis de Richeville, prieur des Augustins. Le surlendemain un second sermon a été prononcé par un prédicateur dont le nom revient souvent dans les annales de la ville à cette époque, frère Robert Baignart, un dominicain. Cependant la population s'activait autour du pont, qu'il fallait rétablir et rendre à la circulation ; on y travaillait surtout de nuit, pour ne pas trop gêner celle-ci. Les Orléanais ont été invités à participer à l'effort de guerre ; on a embarqué canons et couleuvrines, de même que la grosse bombarde qu'on nommait Montargis (en souvenir du siège glorieux de cette ville), en direction de Jargeau, où Jeanne continuait le combat pour libérer les arrières avant de s'engager sur la route de Reims.

Bien entendu, plusieurs habitants d'Orléans ont ensuite pris eux-mêmes cette route, et assisté au couronnement du roi, comme il était d'usage pour les représentants des bonnes villes. Traditionnellement, chaque couronnement attirait ainsi à Reims toute une population, venue parfois de fort loin. On aménageait même des tribunes à l'extérieur de la cathédrale, du haut desquelles, à travers les fenêtres dont on avait au préalable retiré les vitraux, une foule immense pouvait prendre part au sacre.

Au mois de novembre 1429, nouveaux transports de matériel d'artillerie, lors des tentatives faites par Jeanne et les armées du maréchal de Boussac contre Perrinet Gressart, retranché à La Charité-sur-Loire. Ces tentatives ont échoué, et les gens d'Orléans ont perdu dans l'aventure la grosse bombarde dont ils étaient si fiers.

L'hiver a été précoce et la ville s'en est ressentie. Les crues de la Loire ont été importantes au mois de février 1430. Ce qui n'a pas empêché, le 8 mai, qu'on reprenne spontanément la procession qui s'était formée l'année précédente autour de Jeanne lorsqu'on avait vu les Anglais, survivants du siège, se mettre en marche pour se replier vers Meung-sur-Loire. Ignorant la longue tradition à laquelle leur geste donnerait naissance, les Orléanais, ce 8 mai 1430, achètent des cierges de cire, des torches, des bannières peintes et enluminées, et s'en vont « quérir Monseigneur l'évêque d'Orléans pour être à ladite procession ». Cela se passe quelques jours avant que Jeanne soit faite prisonnière devant Compiègne. Entre-temps d'ailleurs, les mêmes Orléanais ont célébré par une procession « la mémoire du jour que les Anglais mirent le siège devant Orléans, le 12 octobre 1428 ». C'est assez dire combien les événements du siège ont marqué la population.

Comment cette même population a-t-elle réagi lorsque, l'année suivante, elle a appris la nouvelle de la condamnation et de la mort de Jeanne ? Bedford s'est empressé de faire connaître cette nouvelle à toute la chrétienté au nom de son neveu, Henry VI, « roi de France et d'Angleterre ». On sait comment, lorsqu'une lettre était destinée à toute la population, émanant du roi ou d'une autorité qui le représentait, des hérauts circulaient de place en place pour « crier » son contenu. Dans maintes campagnes, l'usage du crieur public dans les villages a d'ailleurs persisté jusqu'en notre temps. Ces nouvelles étaient ensuite répétées de bouche à oreille, et l'on peut imaginer l'émoi qui a dû saisir les Orléanais en les apprenant. On constate d'ailleurs qu'une messe sera désormais dite chaque année dans la ville, le 30 mai, à la mémoire de la Pucelle.

Pourtant beaucoup ont dû refuser d'y croire : impossible que Jeanne, même prisonnière des ennemis, n'ait pu leur échapper ! Impossible qu'elle ne se soit pas évadée de leurs mains, fût-ce au dernier moment !

JUIN 1433

Un attentat à la cour de France

Que faisait, durant ces années noires, le roi Charles VII ? On a vu quelle avait été son inertie au moment de l'arrestation puis du supplice de Jeanne d'Arc. Rien ne permet de penser qu'il ait ne fût-ce que proposé une rançon pour racheter la prisonnière à laquelle il devait sa couronne. Si quelques coups de main ont été tentés à Louviers, à Rouen même ou autour de Paris, il ne s'est agi que d'actes isolés, dus à un maréchal de Boussac, un La Hire, un Ambroise de Loré. Rien qui soit soutenu par celui qui détenait désormais l'autorité. Le pays est la proie des « Écorcheurs », soldats sans solde qui pillent, là où ils se trouvent. C'est le temps de la grande désolation des campagnes.

Cela est du reste également vrai dans les régions soumises aux Anglais, comme cette Normandie dont ils ont cru pouvoir revendiquer la possession. Une violente insurrection dans le pays de Caux est durement réprimée. Le régent

Bedford, qui espérait lever des subsides, n'aboutit qu'à susciter partout mécontentement et violence. Il s'en faudra de peu que la ville de Caen ne subisse un siège en règle en 1434.

Partout la lassitude engendre des mouvements de colère. À Paris même, le courroux populaire ne cesse de monter — au même rythme que le prix des denrées. Une complainte circule dans la capitale, qui a pour refrain : « Secourez-moi, seigneurs anglais », avec ce vers menaçant : « ou vous perdrez Paris et toute France ». C'est dire que le couronnement du petit roi Henry VI n'a eu qu'un effet très passager. La puissance des Lancastre diminue d'ailleurs aussi, au même moment, de l'autre côté de la Manche.

C'est dans ce contexte d'incertitude et de contestation généralisées qu'un événement décisif se produit à la cour de France. Une véritable révolution de palais en fait : à l'instigation du comte de Richemont et de Yolande d'Anjou, un attentat en règle est perpétré contre Georges de La Trémoille. Pour tous les membres de la famille angevine, à commencer par la reine de France Marie d'Anjou, il est évident que c'est ce gros homme, égoïste et sans scrupule, qui maintient le roi dans son état de passivité.

Assailli dans le château du Couldray, à Chinon, La Trémoille est soudain entouré de quelques seigneurs. L'écuyer de Richemont, Jean de Rosnivinen, lui donne un coup d'épée dans le ventre, mais l'épaisseur de sa graisse fait dévier la lame. Il n'est que légèrement blessé, assez cependant pour que la leçon soit comprise. On exige de lui une rançon, et l'éloignement immédiat, avec serment de ne plus jamais revoir le roi. Celui-ci d'ailleurs ne réagit pas ; peut-être n'est-il pas fâché que d'autres l'aient débarrassé d'un favori qui le maintenait dans l'inaction ? Toujours est-il qu'à compter de ce mois de juin 1433, les choses prennent une autre allure à la cour de France.

16 JANVIER 1435

Les envoyés du roi de France rencontrent le duc de Bourgogne

Charles VII semble avoir toujours eu en arrière-pensée la perspective d'une réconciliation avec la Bourgogne. Il ne l'a que trop prouvé en signant des trêves avec Philippe le Bon à l'insu de Jeanne d'Arc, au moment même de la marche victorieuse sur Reims. S'il a dû par la suite se déclarer déçu et trompé, l'échec du Bourguignon devant Compiègne — cela du vivant même de Jeanne d'Arc — a aussi donné à réfléchir à Philippe le Bon.

Sa sœur, Anne de Bourgogne, épouse de Bedford, meurt le 14 novembre 1432. Le lien que sa présence maintenait entre Bourgogne et Lancastre disparaît avec elle. Et le remariage de Bedford avec Jacquette ou Jacqueline de Luxembourg n'arrange rien. Le pouvoir du duc de Bourgogne cause manifestement des inquiétudes à l'empereur d'Allemagne, Sigismond. Enfin, s'il faut en croire le chroniqueur Olivier de La Marche, Philippe le Bon n'a pas suivi de gaieté de cœur la politique de son père : « Le sang français, écrit-il, lui bouillait en l'estomac et à l'entour du cœur. » Finalement, quand René d'Anjou, duc de Bar, se fait l'intermédiaire entre les cours de France et de Bourgogne pour proposer des conférences de paix, il est entendu.

À Nevers, le 16 janvier 1435, le connétable de Richemont, le maréchal de La Fayette, Christophe de Harcourt et le chancelier de Charles VII, Regnault de Chartres, viennent représenter le roi dans les pourparlers avec Philippe le Bon. Très tôt on se rend compte de ce que le vent souffle à la paix. « Il semblait que jamais n'eussent eu guerre ensemble » remarque un chroniqueur. Le point le plus délicat, l'assassinat de Jean sans Peur sur le pont de Montereau, peut être réglé par une amende honorable en bonne et due forme. Arrivés à Nevers le 16 janvier, Philippe le Bon et la délégation de France se séparent le 7 février, en se donnant rendez-vous à Arras.

5 AOÛT 1435

Début des pourparlers d'Arras

C'est à Arras que Jeanne a été, cinq ans auparavant, livrée aux Anglais ; c'est là qu'elle a été vendue et qu'elle est partie enchaînée vers sa dernière demeure, la ville de Rouen. Et voici que plénipotentiaires anglais, français, bourguignons ont choisi cette cité pour traiter de la paix.

La personne de Jeanne semble plus que jamais se dessiner en filigrane dans les événements. En contraste étonnant d'ailleurs avec le nombre et la qualité des plénipotentiaires réunis : côté français, sont présents les ducs d'Anjou et d'Alençon, le duc Jean V de Bretagne — dont l'attitude va être comme toujours équivoque — et son frère, Arthur de Richemont. Le duc de Bourbon, le comte de Vendôme sont là également, ainsi que deux personnages qui reviennent à plusieurs reprises dans les documents à propos de l'épopée de Jeanne d'Arc : Regnault de Chartres, archevêque de

Reims, et Christophe d'Harcourt. La reine de Sicile, Yolande, est elle aussi présente. Il n'est pas jusqu'à l'université de Paris qui ne se soit fait représenter, et l'on trouve parmi ses délégués Thomas de Courcelles lui-même ; il survivra à toutes les fluctuations de l'Histoire, pourtant nombreuses à l'époque !

De leur côté, les Anglais ont envoyé l'archevêque d'York et Henry Beaufort, évêque de Winchester, qui a assisté à la comparution de Jeanne d'Arc lors de la scène de Saint-Ouen. Le roi Henry VI, dont la piété semble irréprochable, les a délégués sur le mot de l'Évangile : « Je vous donne ma paix, je vous laisse ma paix. »

Durant ces pourparlers, chacun sent que le rôle de la Bourgogne sera décisif. Or le duc Philippe le Bon a fait soigneusement étudier les questions en suspens par son conseiller, le chancelier Nicolas Rolin. Celui-ci sait que, côté allemand, l'empereur Sigismond ne considère pas sans méfiance l'activité du duc de Bourgogne, ce qui incite le chancelier à favoriser l'union avec la France. Il va jusqu'à mettre en doute dans son mémoire la validité du traité de Troyes, et les droits du jeune Henry VI : son père, Henry V, n'a jamais été roi de France, puisqu'il est mort avant le roi Charles VI. Le fils a-t-il donc réellement hérité de droits que le père n'aurait jamais possédés ? Le raisonnement est assez habile en tout cas pour permettre à Philippe de

Bourgogne d'esquiver les prétentions anglaises, afin de se rapprocher de la France ; il va suggérer aux Anglais de recourir à la médiation du pape. Celui-ci a envoyé à Arras comme légat le cardinal de Sainte-Croix, ainsi que Hugues de Lusignan, archevêque de Nicosie, qu'on appelle le cardinal de Chypre.

Puissante assemblée, donc, qui se sent chargée de la pacification de l'Occident. Elle ouvre sa première séance, dans le cadre de l'abbaye de Saint-Vaast, le 5 août 1435. Selon l'usage, joutes et tournois précèdent les assises solennelles, et vont alterner avec elles. Et de même les banquets somptueux : « Dieu sait les grandes chères et banquets qui là furent ! » écrit un chroniqueur du temps, Guillaume Gruel. On entendra même un diplomate polonais, envoyé du roi de Pologne, prononcer un grand discours sur la paix.

Mais l'enjeu est vital, aussi bien pour les Lancastre que pour les Valois. Pour ceux-ci, il n'est pas question de renoncer à une couronne reconquise dans les conditions les plus surprenantes, grâce à l'intervention de Jeanne. Détail qui n'est pas sans saveur, c'est l'évêque de Beauvais qui formule les revendications françaises : il s'agit désormais non plus de Cauchon, mais de Jean Jouvenel des Ursins, partisan dévoué de la cause française. Dès le 18 août, il fait savoir que, côté français, aucune proposition nouvelle ne sera faite tant que le roi d'Angleterre n'aura pas renoncé à la couronne de France. Les pourparlers sont interrompus le lendemain, pour reprendre le 27 août, et se trouver de nouveau suspendus le 31, à la suite d'un banquet fort animé que Philippe le Bon a offert au « cardinal d'Angleterre », Henry Beaufort. Les Anglais quittent le 6 septembre la conférence générale d'Arras, mais les négociations ne s'en poursuivent pas moins entre Français et Bourguignons.

C'est alors qu'on apprend la mort de Bedford, survenue à Rouen le 14 septembre. La nouvelle ne peut que hâter la réconciliation entre France et Bourgogne, acquise par le traité d'Arras du 20 septembre suivant.

Dès le lendemain, une amende honorable est faite solennellement par le représentant du roi de France, le conseiller Jean Tudert, pour l'assassinat de Jean sans Peur à Montereau. L'acte comporte une part d'humiliation pour le roi de France, mais il contribue à effacer une tache qui a manifestement pesé au cours des années écoulées sur ses actes et ses réactions à l'égard du duc de Bourgogne. Il fallait en passer par là pour arriver à une réconciliation durable.

Les Anglais ne s'y trompent d'ailleurs pas, qui accueillent avec des injures les ambassadeurs bourguignons venus apporter à Londres la nouvelle du traité. Un instant on peut croire qu'il va provoquer une réaction du côté anglais : le duc de Gloucester se fait donner le titre de comte de Flandres par son neveu, le roi Henry VI, le Parlement vote des impôts extraordinaires et un emprunt de cent mille livres pour poursuivre les hostilités. Mais il ne s'agit là que d'un sursaut sans lendemain.

13 AVRIL 1436

Paris est repris aux Anglais

Le mouvement de reconquête est cette fois bel et bien lancé. Les populations occupées réagissent et une véritable résistance s'organise. Dans les campagnes, autour de Caen, des groupes se soulèvent ; les forteresses entre Étretat et Fleury-sur-Andelle tombent entre les mains de partisans français, tandis que des raids menés en Basse-Normandie par Alençon, Richemont, Dunois et autres accroissent les difficultés anglaises. Dieppe est rendu au roi de France.

Bientôt, c'est vers l'Île-de-France elle-même que se tourne l'activité militaire. Louis de Luxembourg, chassé de son siège épiscopal de Thérouanne, comme Pierre Cauchon l'a été de Beauvais, est nommé chancelier par Henry VI, et se voit confier la défense de Paris. Or, au mois de février 1436, voici que les offensives se multiplient aux abords de la capitale. Successivement les places alentour, Charenton, Vincennes, Corbeil, Brie-Comte-Robert, Saint-Germain-en-

Laye, tombent entre les mains des Français. À nouveau des conspirations s'ébauchent. Elles avaient jadis été éventées et noyées dans l'œuf, lors du siège de Jeanne d'Arc ; cette fois elles vont porter leurs fruits.

Jean de Villiers, sire de l'Isle-Adam, se met en cheville avec un conseiller à la Cour des comptes, Michel de Lallier. Le 13 avril 1436, des insurrections éclatent du côté de la porte Saint-Denis. La garnison anglaise appelée en hâte organise la riposte, et au même moment le connétable Arthur de Richemont force les défenses de la porte Saint-Jacques, à l'opposé des remparts de la ville. Le coup réussi, les Anglais s'enferment dans la Bastille, d'où ils s'embarquent sur la Seine le 17 avril, pour se réfugier à Rouen. Cette fois, le « roi de Bourges » devient bel et bien maître de Paris. « Avant qu'il soit sept ans, déclarait Jeanne en 1431, les Anglais perdront plus grand gage qu'ils aient eu en France »...

Il va se passer pourtant plus d'un an avant que Charles VII ne se décide à faire son entrée dans la capitale reconquise : l'événement, on le verra, aura lieu le 12 novembre 1437. Les chroniqueurs contemporains se font l'écho de l'impatience populaire. « Vous faites bien petite diligence... Votre peuple est ébahi et tout désespéré... » Sans doute le roi continue-t-il à redouter cette ville d'où il a été chassé...

JUIN 1436

Jeanne est vivante !

La nouvelle commence à circuler au mois de juin 1436 : Jeanne la Pucelle serait vivante, elle se serait manifestée aux environs de son pays d'origine ! À Orléans, c'est la surprise, la curiosité, l'impatience. La municipalité dépêche aussitôt un messager, Cœur-de-Lys, pour aller voir Jeanne retrouvée à Arlon. Les registres de comptes de la ville nous donnent, à la date du 28 octobre 1436, le détail du voyage accompli par le messager, à qui la somme de 6 livres parisis a été versée en règlement de ses frais, « pour un voyage qu'il a fait pour la ville par-devers la Pucelle qui était à Arlon au duché de Luxembourg, et pour porter les lettres qu'il apporta de Jeanne la Pucelle à Loches par-devers le roi qui là était ». Le héraut Cœur-de-Lys a fait l'aller et retour à Arlon en trente-huit jours, puis sept autres jours pour le voyage de Loches ; le tout entre le 31 juillet et le 2 septembre. Ce jour-là Jacquet Leprestre, l'un des notables de la cité, a offert un repas bien arrosé au dit Cœur-de-Lys, « qui disait avoir grand soif ».

La nouvelle a dû faire grand bruit, au point qu'entre-temps l'un des frères de Jeanne, Jean surnommé Petit Jean, est venu lui aussi à Orléans puis s'est rendu à Loches, toujours pour attester que sa sœur, Jeanne la Pucelle, était en vie. La chronique du doyen de Saint-Thiébault de Metz raconte par deux fois l'arrivée dans sa région de « la Pucelle Jeanne qui avait été en France », ajoutant qu'elle se faisait alors appeler Claude. Il donne dans cette première version quelques détails, notamment sur la venue, dit-il, de ses deux frères Pierre et Jean ; les autres textes du temps ne parlent jamais que du second, Jean, à propos de la fausse Pucelle.

Dans une seconde rédaction de sa chronique, le doyen de Saint-Thiébault rectifie totalement ce qu'il avait écrit la première fois. À la date de 1436 « vint une jeune fille, laquelle se disait la Pucelle de France, et jouant tellement son personnage que plusieurs en furent abusés et spécialement tous les plus grands ».

Après s'être fait remettre quelques cadeaux par les uns et les autres, un cheval, une épée, une armure, être allée à Metz et à Notre-Dame de Liesse, l'aventurière épouse un chevalier, Robert des Armoises, et le couple s'installe à Metz. La même aventurière est mentionnée dans un ouvrage de l'inquisiteur alsacien Jean

Nider, prieur des dominicains de Nuremberg, qui s'intitule le *Formicarium.* Il en a eu connaissance par l'inquisiteur de Cologne, qui a convoqué la fausse Jeanne et lui a vu faire quelques exploits relevant plus de la prestidigitation que d'une quelconque magie. (Elle aurait déchiré devant lui une nappe de toile et l'aurait aussitôt raccommodée !) Il termine son récit en disant que la fausse Pucelle aurait épousé un certain chevalier, dont il ne donne pas le nom.

On ne connaît rien du couple jusqu'au moment où, Robert des Armoises étant mort, son épouse Claude revient tenter sa chance à Orléans. À cette date de 1439, le registre de comptes atteste qu'elle est reçue le 18 juillet, officiellement, en ville. On lui offre un vin d'honneur et on l'invite ensuite « à dîner et à souper » pour le 30 juillet. On lui verse aussi une somme de 210 livres parisis, et de nouveau le 4 septembre est prévu un vin d'honneur. Et le registre précise : « Pour 8 pintes de vin dépensées à un souper où étaient Jean Lhuillier et Thévenon de Bourges, pour ce qu'on le croyait présenter à ladite Jeanne, laquelle partit plus tôt que ledit vin fut venu ». Jean Lhuillier est un commerçant en draps bien connu à Orléans. On le retrouvera plus tard déposant au procès de réhabilitation ; c'est lui qui avait fourni à Jeanne, après la levée du siège, cette huque de drap « vert perdu » que le duc Charles d'Orléans, de sa prison, avait ordonné de remettre à la Pucelle en remerciement de la délivrance de la ville. Aurait-il refusé de reconnaître Jeanne en la circonstance ? On ne le sait, et rien ne le prouve, mais il est certain qu'elle partit brusquement. On attendait en outre, en ce mois de septembre 1439, la venue à Orléans du roi Charles, qu'elle ne souhaitait probablement pas rencontrer. Il est possible que, par la suite, elle se soit rendue auprès du sire de Laval, Gilles de Rais.

En 1440, tandis que se déroulera le procès de ce dernier, la carrière de « Jeanne » ou « Claude » des Armoises semble s'être achevée à Paris, où sa supercherie aurait été démasquée par le roi lui-même. C'est du moins ce qu'affirmera l'historien Pierre Sala, qui écrit bien des années après l'événement, au début du XVIe siècle, mais affirme avoir disposé de documents du temps. Il est à noter qu'en 1439 les registres de comptes de la cité orléanaise mentionnent expressément le service funèbre fait, comme chaque année, à la mémoire de Jeanne d'Arc. D'où l'on peut conclure qu'on ne croyait guère à l'identité de la fausse Pucelle.

12 NOVEMBRE 1437

Le roi rentre dans Paris

L'entrée de Charles VII à Paris, lorsqu'il s'y décide enfin, est fastueuse. Le roi est accompagné du dauphin, futur Louis XI, « et quant au peuple de Paris, il y en avait si grande multitude qu'à peine pouvait-on aller par les rues ».

Entré par la porte Saint-Denis, Charles VII se dirige vers Notre-Dame, au long d'une véritable voie royale tendue de tapisseries et de guirlandes, les rues couvertes de feuillages, en solennelle procession. Le jeune dauphin, Louis, paraît très à son aise et surtout très attentif aux événements. La ville de Paris ne ressemble à aucun des récits qu'il a entendus depuis sa petite enfance, où il n'était question que d'émeutes, de troubles et d'hostilités. Conscient d'avoir atteint sa majorité — il a quatorze ans en cette année 1437 — on le voit très curieux de ne pas perdre une miette du spectacle. La foule qui s'écrase dans les rues, les cris frénétiques par lesquels on l'acclame, l'enthousiasme de ces Parisiens dont on lui avait si souvent parlé comme autant d'ennemis de son père et de lui-même, tout semble l'égayer et le ravir.

Si le roi garde son attitude méfiante, le dauphin, lui, s'amuse sans arrière-pensée de tout ce qu'il voit : les fontaines de lait et de vin autour desquelles piétine la foule, les mystères joués en plein air sur des estrades montées sur tréteaux, tout le comble d'aise. Quant au peuple qui les accueille, il s'ébahit de voir ainsi, dans leur allure triomphale, le roi jadis renié et son fils, qui semblaient avoir été à jamais écartés du trône. Certains, raconte Perceval de Cagny, « pleuraient, criaient en suppliant au roi qu'il leur voulût pardonner les grandes offenses que par l'espace de près de vingt ans ils avaient commis envers lui ».

Charles VII, à son entrée, a proclamé une « abolition générale » : il n'y aura pas de vengeance, ni de recherche des responsabilités dans les événements qui ont ensanglanté le pays. Il lui suffit, pour rétablir l'ordre, de s'imposer comme roi dans ces mêmes rues qui ont vu, six ans auparavant, le cortège du jeune Henry VI. Sagesse évidente, qui va puissamment contribuer à lui concilier les foules. Pour l'heure elles ne pensent qu'à boire, à danser, à « sonner plusieurs instruments » : atmosphère de kermesse qui succède à ces années si dures, où la famine s'est autant fait sentir que le froid et la pestilence.

Le premier soin de Charles est d'ordonner un service funèbre à la mémoire de son père, Charles VI ; il a lieu à Saint-Martin-des-Champs au cœur de la ville. Le roi convoque aussi les grands corps de l'État. Cela fait, au bout de trois semaines, il regagne Tours où se trouve la reine, Marie d'Anjou : autant dire que son apathie naturelle reprend le dessus aussitôt qu'il en a le loisir. Le prétexte est d'aller assiéger Montargis, mais en fait il laisse une fois de plus la conduite de la guerre à ses capitaines.

Il reste que désormais, à Paris, les institutions reprennent leur teinte française. Le Parlement anglais qui y était installé avait été dissous dès l'arrivée de Richemont dans la cité. Les proches du roi qui l'avaient rejoint à Poitiers avaient été invités à regagner la capitale. Dès le 1er décembre 1436, le Parlement qui fonctionne, rend la justice, est français — encore qu'il comprenne quelques Bourguignons, conformément au traité d'Arras.

1437-1438

Les Écorcheurs et la peste ravagent le royaume

Cependant, l'entrée même du roi à Paris ne signifie pas la fin des déprédations, ni pour le petit peuple l'allégement de ses souffrances. Le pays est devenu un vaste champ de bataille ; c'est le temps des « Écorcheurs ». Le chroniqueur Monstrelet nous donne la signification de ce terme : « La cause pourquoi ils avaient ce nom était que toutes gens qui étaient rencontrés par eux... étaient dévêtus de leur habillement tout net jusqu'à la chemise. Et pour ce, quand ils retournaient... on leur disait qu'ils avaient été en la main des écorcheurs. » Malheur aux paysans qui se trouvent sur le chemin de ces terribles brigands.

Les noms comme les méfaits des plus redoutables de ces Écorcheurs sont bien connus. Il y a entre autres Rodrigue de Villandrando, un Castillan, comte de Ribadeo en Galice, et le type même de ces combattants mi-seigneurs, mi-bandits. Au moment de l'entrée du roi Charles VII à Paris, il désole l'Albigeois et s'empare de la ville de Cordes, poussant ses rapines jusqu'en plein cœur du Berry.

Un autre brigand célèbre dont on suit l'histoire au fil des années est Robert de Flocques, dit Flocquet. Celui-ci résume en sa personne l'évolution qui amène certains Écorcheurs de l'état de simple chef de bande à celui de capitaine agréé par le roi — souche de l'armée permanente que créera bientôt Charles VII. Il faut d'ailleurs souligner qu'au contraire de la plupart de ces mercenaires qui louent leurs services au plus offrant, il sera toute sa vie attaché à la cause française — à l'inverse d'un Perrinet Gressart, qui lui est resté fidèle aux Bourguignons. Comme La Hire, comme Xaintrailles, comme les Chabannes, Flocquet s'est constamment opposé à l'occupant. L'année où le roi rentre dans Paris, il se bat du côté de Tancarville. Un peu plus tard, il se dirige vers la Bourgogne, dont les riches terres attirent particulièrement les Écorcheurs. Mais ces exactions vont contre les accords établis à Arras : Philippe le Bon s'en plaint à Charles VII, et ce dernier désavoue immédiatement les pillards. Des lettres royales adressées aux principaux chefs de bande, dont Flocquet aussi bien qu'Antoine de Chabannes, leur intiment l'ordre d'arrêter leurs actions. La plupart de ces chefs de bande se dirigent alors vers la Lorraine et l'Alsace, commettant toutes sortes d'horreurs dans le plat pays. Plus de cent villages auraient été détruits par eux entre Strasbourg et Bâle — villes bien défendues auxquelles ils n'osent s'attaquer.

La France entière connaît une période de désordres et d'incertitudes qui la mènent au bord de l'épuisement. D'autant plus qu'aux pillages de la soldatesque s'ajoute le brusque retour de l'épidémie. La peste fait à nouveau des ravages en 1438. L'une de ses victimes, en cette année-là, est Marie de Poissy, la sœur de Charles VII, jadis vouée à la Vierge par ses parents et qui est devenue abbesse de l'abbaye de Poissy, où tout enfant elle avait pris l'habit. À Paris, en 1439, plus de cinquante mille habitants meurent de la peste.

1438
La Pragmatique Sanction de Bourges

Dans ces périodes difficiles, la diplomatie pontificale ne restait pas inactive, en dépit des troubles qui agitaient les hautes sphères de l'Église.

L'élection du pape Martin V en 1417 avait mis fin à la longue suite de bouleversements qu'avaient été le transfert de la papauté en Avignon, puis le Grand Schisme. Martin V était mort le 20 février 1431, le jour même où commençaient les séances du procès de Jeanne d'Arc. Son successeur, Eugène IV, élu dès le 3 mars suivant, avait donné des gages aux universitaires hostiles à l'autorité pontificale en convoquant le concile de Bâle — puisqu'il avait été décidé lors du concile de Constance (1418) que ces assemblées auraient lieu désormais tous les dix ans. La tendance était, on l'a dit, de réduire l'action de la personne, le pape, au profit d'une collectivité. Cela sous l'influence de l'université de Paris et du roi de France, dont l'influence avait été prépondérante pendant tout le séjour de la papauté en Avignon.

La plupart des universitaires parisiens qui assistaient au procès de Jeanne d'Arc à Rouen s'étaient rendus aussitôt après à Bâle, pour prendre part à un concile qui fut extrêmement mouvementé. Le pape lui-même, Eugène IV, assiégé dans Rome par les Colonna, avait dû quitter la ville en toute hâte par le fleuve, puis s'était trouvé frappé d'hémiplégie au mois d'août suivant. Il s'en était d'ailleurs remis, et devait connaître un pontificat de seize ans, en dépit des attaques des pères réunis au concile de Bâle, parmi lesquels les universitaires parisiens se montraient décidément hostiles au pouvoir pontifical.

Or une nouvelle remise en cause de ce pouvoir provient de France, avec l'assemblée du clergé qui se tient à Bourges en 1438, et la proclamation de la « Pragmatique Sanction ». Il s'agit d'un nouvel effort pour régler les rapports entre pouvoirs spirituel et temporel, ce dernier s'attribuant en l'occurrence la part essentielle ; on a vu dans cette proclamation le point de départ du « gallicanisme ». Le désordre est alors grand dans le régime des nominations aux bénéfices ecclésiastiques. Les malheurs des temps ont amené beaucoup de ces bénéfices à se trouver sans titulaire, d'où la pratique de la « commande » : la remise d'un bénéfice à quelqu'un qui le percevra sans avoir en pratique la possibilité d'en exercer la charge. Un exemple classique est celui de Jean Beaupère, l'un des plus acharnés parmi les assesseurs parisiens au procès de Jeanne d'Arc, et qui l'a maintes fois interrogée. C'est un ami personnel de Pierre Cauchon ; il a largement profité de l'état de désordre dans lequel se trouve le pays, aussi bien du point de vue ecclésiastique que politique, puisqu'il s'est fait attribuer de nombreux canonicats : à Rouen, à Besançon, à Sens, à Paris, à Beauvais, à Laon, à Autun, à Lisieux. Autant dire que, pour exercer tous ses devoirs de chanoine, il lui eût fallu vivre en perpétuels déplacements — ce qu'il ne manque pas de faire du reste... pour aller réclamer les prébendes qui lui sont dues. Il se trouve de plus être manchot de la main droite, handicap supplémentaire pour exercer, si même il l'avait voulu, les devoirs de ses multiples charges. Mais il n'en a pas moins été l'un des pères les plus écoutés au concile de Bâle, et il reste l'un des représentants les plus influents de l'université de Paris.

La Pragmatique Sanction supprime le régime de la commande, mais elle met en fait la collation des bénéfices ecclésiastiques entre les mains du roi : premier pas vers une redoutable emprise du pouvoir temporel sur le spirituel. Le roi devient monarque, il gouverne seul, et son pouvoir s'étend du politique au religieux. Il ne s'agit là, il est vrai, que d'un premier pas. La Pragmatique Sanction va être dissoute par Louis XI en 1461, mais elle fera par la suite l'objet, en 1516, entre François Ier et le pape Léon X, du trop fameux concordat de Bologne. Celui-ci inaugurera la nomination par le roi des évêques et des abbés de monastère ; on sait que ce pouvoir subsistera en fait jusqu'à la séparation de l'Église et de l'État au début du XXe siècle.

Le pape n'accepte pas la Pragmatique Sanction de Bourges, mais ses protestations ne peuvent avoir une grande valeur, en un temps où son propre pouvoir est furieusement combattu par le concile de Bâle. Le conflit entre le pape et les pères conciliaires s'exaspère en cette même année 1438, et l'année suivante Eugène IV décide d'ouvrir à Ferrare un autre concile œcuménique, qui bientôt se trouve transféré à Florence. Pendant ce temps, le concile de Bâle, qui continue à fonctionner, déclare déchu et « hérétique » le pape qui lui résiste. Il est très curieux de retrouver au premier rang de ceux qui le déclarent hérétique ces mêmes universitaires parisiens qui ont condamné Jeanne d'Arc : Jean Beaupère, Thomas de Courcelles, Nicolas Midy, Guillaume Érard et les autres. Les prélats en révolte vont jusqu'à nommer un antipape, choisissant pour cela Amédée VIII, duc de Savoie — un seigneur laïc, d'ailleurs père de neuf enfants, qui de son château de Ripaille sur les bords du lac Léman avait jusqu'alors offert à plusieurs reprises sa médiation, mais qui se trouvera être le dernier antipape de l'Histoire.

Charles VII ne va pas se prêter à cette attaque directe contre le pouvoir pontifical. Tandis que le concile de Bâle continue ses séances désordonnées, celui de Florence enregistre en 1443 le retour à l'unité des Maronites (en fait revenus à cette unité dès l'époque des Croisades), des Arméniens et même des Grecs — encore que pour ceux-ci l'accord soit demeuré sans lendemain. Détail à retenir, Thomas de Courcelles réussit à se faire octroyer le chapeau de cardinal par le dernier antipape, avant que celui-ci soit déposé ! On peut noter que le roi de France prend une part importante à cette abdication, par l'intermédiaire d'ailleurs de Dunois, celui qui a soutenu Jeanne d'Arc et coopéré avec elle à la levée du siège d'Orléans.

2 NOVEMBRE 1439

La première armée permanente est créée

Pendant la même période, mais dans un tout autre domaine, Charles VII édicte l'ordonnance du 2 novembre 1439 — la première mesure qui tende à créer une armée permanente. « Les capitaines et gens d'armes seront mis, établis en garnison aux places des frontières. » C'est instaurer l'idée de capitaines surveillés et payés par le roi lui-même. Idée nouvelle si l'on considère que, jusqu'alors, mener la guerre était le fait de la noblesse : sur chaque domaine, certains des tenanciers devaient au seigneur le service des armes, et celui-ci recrutait par ailleurs, quand le besoin s'en faisait sentir, des mercenaires qu'il soldait et armait lui-même.

Charles VII, qui est un administrateur-né, prend ainsi une mesure qui va lui aliéner cette noblesse, et ne sera pas étrangère au soulèvement auquel on donnera le nom de Praguerie. Pour faire montre d'autorité envers les capitaines, nobles ou simples écorcheurs, le roi va jusqu'à ordonner l'arrestation d'un ancien compagnon de Rodrigue de Villandrando, nommé Alexandre de Bourbon. À la suite d'un procès sommaire fait contre lui à Bar-sur-Aube, il sera précipité dans la rivière, enfermé dans un sac, tandis que huit de ses compagnons seront pendus et douze décapités, en l'an 1441.

Mais il est difficile en temps de paix de maîtriser ces chefs de bande, qui exigent d'être payés. Aussi Charles VII va-t-il employer le même procédé que son grand-père, Charles V, lequel envoyait contre l'Espagne, sous la direction d'un Duguesclin, ces mercenaires impossibles à contenir sur place, dans un royaume qui aspire à la tranquillité. Cette fois, c'est le dauphin Louis qui va se charger d'eux, les emmenant guerroyer contre les cantons suisses, ou encore contre les Messins à l'appel d'un René d'Anjou. Le recouvrement de Normandie viendra à point pour utiliser ces gens de sac et de corde à des besognes fructueuses, qui de surcroît libèrent le territoire. Robert de Flocques y participera largement, pour terminer sa vie en qualité de capitaine royal dans l'hôtel que John Talbot s'était autrefois attribué à Honfleur, et qui lui sera octroyé par le roi de France.

1439-1442

Siège d'Avranches, reprise de Pontoise, chevauchée de Tartas

À la fin de la même année 1439, Richemont et le duc d'Alençon font le siège d'Avranches ; l'occupant anglais, qui avait réussi à lever cette année-là quatre-vingt mille livres à Caen et deux cent mille à Rouen, commence à se sentir menacé jusque dans cette Normandie qu'il croyait sûre. Toujours en 1439, une ambassade anglaise a tenté de jeter les bases d'un accord. Mais un semblable accord ne pouvait aboutir qu'à une trêve passagère. Des deux côtés de la Manche, c'est le même épuisement qui va bientôt menacer directement la dynastie usurpatrice des Lancastre.

Deux faits d'armes surtout vont frapper l'opinion dans les mois qui suivent. D'abord la reprise de Pontoise en 1441, puis une offensive inattendue en direction de la Guyenne, qui fait sensation : ce qu'on appelle la chevauchée de Tartas, qui en 1442 fait tomber entre les mains du roi de France successivement Saint-Sever et Dax.

Charles VII est moins heureux lorsqu'il s'attaque à La Réole : les Anglais mettent le feu à la ville au moment où il va y pénétrer, et le roi n'a que le temps de se sauver en chemise !

JUILLET 1440

La mère de Jeanne arrive à Orléans

En 1440, un épisode chargé d'émotion prend place à Orléans, avec l'arrivée dans la cité d'Isabelle Romée, la mère de Jeanne. C'est l'occasion de saluer une fois de plus la mémoire reconnaissante des Orléanais : apprenant qu'Isabelle, demeurée seule à Domrémy, est quelque peu tombée dans la misère, que la plupart des membres de sa famille sont morts, la municipalité s'empresse de la faire venir, et l'accueille avec beaucoup d'égards dans la ville que sa fille a libérée onze ans auparavant. Geste émouvant, que l'on apprécie mieux encore en notre temps, lorsqu'on constate après plus de cinq siècles que le souvenir de la libération d'Orléans ne s'est pas éteint parmi les habitants, et que chaque année le 8 mai est pour eux jour de fête.

Isabelle Romée, arrivée dans la cité, tombe malade le 7 juillet 1440. Elle est soignée à l'hôpital aux frais de la ville. Une fois rétablie, à la fin du mois d'août, une rente mensuelle lui est servie, 48 sous parisis qui apparaissent chaque mois ponctuellement sur les registres de comptes d'Orléans. Cette somme lui permet de mener une vie décente, et l'on sait qu'Isabelle a pu en profiter jusqu'à sa mort, le 28 novembre 1458. Entre-temps, la tradition veut qu'elle ait résidé au petit village de Sandillon, dans une ferme où une plaque sur un mur rappelle son souvenir.

Elle avait perdu son époux, son fils aîné Jacquemin, sa seconde fille Catherine, et surtout elle gardait au cœur l'atroce souvenir du sort fait à sa fille Jeanne, déclarée hérétique relapse et brûlée. Elle a peut-être néanmoins passé une vieillesse paisible dans ce calme village de Sandillon, où elle a pu recevoir de temps à autre la visite des deux fils qui lui restaient : Jean ou Petit-Jean, qui toute sa vie durant semble avoir été surtout préoccupé de monnayer la gloire de sa sœur, et Pierre.

Celui-ci a suivi Jeanne d'Arc dans toutes ses campagnes, et a été fait prisonnier avec elle. Il est tombé entre les mains du bâtard de Vergy, un capitaine bourguignon au service des Anglais, et a dû payer rançon pour se libérer. À la date de 1439, le roi Charles VII lui a octroyé, pour l'indemniser, la perception des péages du bailliage de Chaumont. Peu après, le duc Charles d'Orléans, à son retour en France dont nous parlerons plus loin, montre sa reconnaissance aux défenseurs de la ville et fait don à Pierre de l'Île-aux-Bœufs, une île sur la Loire en amont de la cité. Ainsi Pierre a-t-il vécu vraisemblablement assez près de sa mère. Nous les retrouverons ensemble sur le chemin de Paris.

19 SEPTEMBRE 1440

Début du procès de Gilles de Rais

Un ancien compagnon de Jeanne fait à cette époque beaucoup parler de lui à Orléans. La ville est très occupée à monter le « Mystère du siège d'Orléans ». Il s'agit d'un vaste spectacle composé par un auteur anonyme, et dont le manuscrit se trouve aujourd'hui à la Bibliothèque vaticane ; une œuvre énorme, quelque vingt mille vers destinés à mobiliser cinq cents acteurs. On y voit Jeanne à Domrémy « gardant les brebis de son père et cousant du linge », et se présentant devant Baudricourt :

Quant est de l'hôtel de mon père
Il est en pays barois.

Puis introduite à Chinon devant le roi :

Vous êtes cil que je quérais
Vrai roi de France parmi tous...
Dieu vous a eu en souvenance.

Le siège d'Orléans y est évoqué avec forces détails, et parmi eux souvent mentionnée la participation de Gilles de Rais, sire de Laval. En effet, celui-ci semble avoir pris la plus grande part à l'élaboration et au montage de cette vaste opération théâtrale. On peut d'ailleurs admirer que, moins de dix ans après les événements dont Orléans avait tant souffert, un pareil effort ait pu être mené. La représentation d'un Mystère comme celui-ci devait prendre plusieurs jours ; les épisodes se déroulaient en divers lieux, où étaient dressés échafaudages et éléments de décors ; les scènes étaient sans doute évoquées à l'entrée des boulevards où les Anglais avaient jadis installé leurs bastides. Il semble évident que cela n'a été possible que grâce à la fastueuse participation de Gilles de Rais, qui a dû prendre en charge sinon la totalité, du moins une grande part des frais. Déjà, durant les années 1434 et 1435, il se trouvait à Orléans et s'occupait lui-même des mises en scène.

On comprend aussi que sa fortune en ait été largement entamée, et que cela ait fortifié en lui la hantise de l'or, au point de ne le faire reculer devant rien, fût-ce magie ou évocations diaboliques, pour s'en procurer. Son acte d'accusation parlera d'« arts magiques, géomancie et nécromancie ».

Le tout va mal finir pour le maréchal, arrêté

par lettre patente en date du 30 juillet 1440 et enfermé au château du Bouffrey à Nantes. Son procès, ouvert le 19 septembre suivant, révèle une effarante série de crimes commis sur des enfants, conséquence de sa passion devenue frénétique pour les actes de sodomie, qu'il assouvissait sur ces malheureux avant de les tuer. Il est exécuté le 26 octobre suivant à Nantes, après avoir d'ailleurs montré un total repentir de ses actes contre nature. Ses deux complices, nommés Poitou et Henriet, sont exécutés avec lui. On a longuement glosé et beaucoup écrit sur ce personnage complexe, d'une brillante intelligence, qui a montré son courage tout au long des campagnes de Jeanne, mais dont les mœurs dépravées, les goûts macabres, se mêlaient à une sorte de manie ostentatoire qui l'avait conduit aux pires excès.

24 JANVIER 1441

Le duc d'Orléans retrouve sa ville

Toujours à Orléans, un autre grand fait — heureux celui-là — est à signaler au cours de la même période : le retour de Charles, duc d'Orléans, dans sa ville. Il a regagné la France en juin 1440, enfin libéré des prisons anglaises après vingt-cinq ans de captivité. Le 24 janvier 1441, accompagné de son épouse Marie de Clèves, il fait dans la cité une entrée solennelle, marquée de nombreuses réjouissances.

Il arrive au son des cloches par la route d'Étampes et de Janville, et la chronique nous montre les enfants d'Orléans venus à sa rencontre en agitant des petits drapeaux portant ses armes. Ils sont, assure-t-on, plus de 400. Le cortège contourne la muraille en direction du nord-est, passe près de Saint-Vincent où une fontaine déverse du vin, et l'entrée se fait finalement par la porte de Bourgogne. Le prince est abrité sous un dais comme celui des processions solennelles. À chaque carrefour, sur des estrades, prennent place des musiciens ou des acteurs qui jouent des tableaux vivants. L'un d'eux représente la scène de David et Goliath — facilement identifiable pour une population à qui la Bible est encore familière, et dont le sens ne peut échapper à personne. Partout des feux de joie attirent la foule, invitée à se servir de gâteaux sur des tables dressées de loin en loin. Les Orléanais offrent au duc et à son épouse quatre mille écus d'or et de la vaisselle d'argent[1].

Le duc et la duchesse résideront par la suite à Blois, la plupart du temps en désignant un gouverneur pour Orléans. Ce moment vers lequel il avait si longtemps soupiré, « en regardant vers le pays de France », était enfin arrivé.

Mais non pourtant mon cueur ne se lassoit
De voir France que mon cueur amer doit.
...
Paix est tresor qu'on ne peut trop loer.

1. Voir à ce sujet l'article de F. Michaud-Fréjaville dans l'*Histoire d'Orléans et de son terroir*, publiée sous la direction de Jacques Debal, tome I, p. 416, éd. Horvath, 1983.

18 DÉCEMBRE 1442

Mort de Pierre Cauchon

Dans les années qui suivent le procès de Jeanne, Pierre Cauchon — évêque de Lisieux depuis 1432 — réside le plus souvent à Rouen. L'évêché de Lisieux y possède une concession de territoire, un quartier de la ville, et c'est là que réside l'universitaire, qui doit se sentir à l'aise dans cette capitale anglaise. C'est à Rouen qu'il décède, le 18 décembre 1442, de mort subite, pendant qu'on lui faisait la barbe.

Il a eu le temps de voir l'accomplissement de tout ce que Jeanne prédisait au cours du procès de condamnation : les Anglais chassés de Paris en 1436, après une réconciliation entre France et Bourgogne qui consommait la fin de la « double monarchie » — cette construction idéologique qui lui était due, et qu'il avait élaborée lors des négociations du traité de Troyes. Il a pu voir le duc Charles d'Orléans libéré en 1440, et cette libération, Jeanne l'avait aussi prédite. À la lumière de ces événements, le supplice infligé à Jeanne a pu rétrospectivement apparaître à l'auteur du « beau procès » dans toute sa tragique inutilité. Mais en fait, c'est dès le moment où elle était examinée à Poitiers, par les prélats et les membres de la future université concurrente de celle de Paris, que la petite paysanne triomphait de l'universitaire chevronné.

28 MAI 1444

Les trêves de Tours

Les événements politiques et militaires se prêtaient à une révision de la situation, et c'est ainsi que les trêves de Tours sont signées en mai 1444 entre France et Angleterre. Il ne s'agit pas seulement d'une suspension temporaire des hostilités. Le 22 du mois a été décidé le mariage du roi Henry VI d'Angleterre avec une princesse de France : Marguerite d'Anjou, fille de René duc de Bar, le futur « roi René », autrement dit une nièce de la reine de France Marie d'Anjou. Bien accueillie en France, cette union ne profitera pourtant pas à la dynastie des Lancastre en Angleterre, où les troubles iront en se multipliant. Alors qu'en France, signe irrécusable de la reprise, la monnaie se redresse ; c'est en partie le résultat de l'activité de Jacques Cœur, argentier royal, qui certes ne néglige pas ses profits personnels, on le verra, mais qui veille aussi au rétablissement des finances de l'État. Ce qu'on appelle le « gros du roi », denier d'argent valant vingt deniers tournois, retrouve sa valeur et son poids d'argent.

Les trêves, stipulées jusqu'au 1er avril 1446, seront renouvelées jusqu'en 1449.

1444
Agnès Sorel, première favorite royale

Dans ces années-là, un nouveau personnage apparaît à la cour de France. Agnès Sorel a d'abord été une des suivantes attachées à la personne d'Isabelle de Lorraine, femme de René d'Anjou, puis à la reine elle-même. Lorsqu'elle est introduite auprès du roi par son secrétaire, Étienne Chevalier, elle devient bientôt la maîtresse de Charles VII. Elle a alors vingt-deux ou vingt-quatre ans, et c'est la première favorite en titre que l'on ait vue à la cour de France.

Les historiens ont parfois fait jouer à Agnès un rôle excessif, jusqu'à voir en elle un des artisans du relèvement du royaume ! Elle semble surtout — l'exemple sera suivi par d'autres favorites royales — être très proche des milieux financiers ; on l'a accusée d'avoir été la maîtresse d'Étienne Chevalier avant de devenir celle du roi.

Elle est certainement très belle, de ce point de vue tous les chroniqueurs sont d'accord. « Et comme entre les belles, elle était tenue la plus belle, dit un continuateur de Monstrelet, elle fut appelée Mademoiselle de Beauté, tant pour cette cause que pour ce que le roi lui avait donné le château de Beauté. » (Il s'agit de Beauté-sur-Marne.) Les contemporains s'indignent de voir qu'à la cour elle éclipse la reine, tant par ses toilettes que par les faveurs dont elle est ouvertement l'objet de la part du roi ; mais tous reconnaissent le charme de la « Dame de Beauté », dont nous pouvons facilement nous faire une idée, puisqu'elle va être peinte par Jean Fouquet. Celui-ci en fait la Vierge du diptyque célèbre qu'Étienne Chevalier lui commande pour l'église de Melun. On sait qu'aujourd'hui l'un des panneaux de ce diptyque se trouve au musée d'Anvers, l'autre — celui qui représente Étienne Chevalier avec son patron, saint Étienne — au musée de Berlin.

Agnès va largement profiter des munificences royales. Charles VII lui fait don des revenus de la châtellenie de Roquecezière-en-Rouergue, d'Issoudun et de Vernon, tout en lui octroyant une pension de trois mille livres. Si son rôle politique relève surtout d'une légende complaisante, du moins est-il certain que Pierre de Brézé, qu'elle place auprès du roi et dont elle fait la fortune, se montre un ministre zélé. Comme Richemont, il sait pousser Charles VII à agir. Georges Chastellain dit de lui qu'il « savait manier le roi mieux que nul autre ».

Agnès Sorel donne au roi successivement quatre filles ; l'une meurt au berceau, une autre, Marie, épouse Olivier de Coëtivy, la troisième, Charlotte, épouse Jacques de Brézé, fils de Pierre, et la dernière Antoine de Bueil.

15 AVRIL 1446

L'Emprise de la joyeuse garde

Durant cette période, Charles VII semble vouloir compenser la jeunesse qu'il n'a pas eue. Les tournois se succèdent à la cour de France. L'un d'entre eux, néanmoins, aura des conséquences sur la reprise de l'activité militaire : c'est celui qui a lieu dans la plaine de Launay, aux portes de Saumur, et qu'on a baptisé le Pas du Perron ou encore l'Emprise de la joyeuse garde.

Il est offert au roi par René d'Anjou, et est l'occasion d'un rapprochement avec François Ier, duc de Bretagne, qui a succédé à son frère Jean V. François Ier vient de faire hommage de son duché au roi lors d'une entrevue à Chinon, le 14 mars 1446. Il ne va pas tarder à se manifester à nouveau auprès de Charles VII, lorsqu'un capitaine à la solde des Anglais, François de Surienne, s'empare du château de Fougères. Cela constitue une rupture des trêves de Tours. En représailles sont entreprises une série d'opérations, pour lesquelles, sans agir lui-même, Charles VII laisse divers capitaines opérer.

C'est ainsi que la ville du Mans est reprise en 1448. Puis successivement, l'année suivante, Pont-de-l'Arche, Conches et Gerberoy font l'objet de coups de main conduits par Jean de Brézé et Robert Flocquet. Aussitôt l'agitation se répand en Normandie, où la population supporte de plus en plus mal la domination anglaise. Le roi tient un conseil au château des Roches-Tranchelion, près de Chinon, le 17 juillet 1449, auquel il convoque spécialement les princes du sang. Les villes normandes saisissent l'occasion et se manifestent : le roi ne peut plus rester insensible à l'état d'asservissement où elles restent plongées. Finalement est décidée la rupture des trêves de Tours conclues cinq ans auparavant.

1446

Fin de l'université médiévale

L'attitude la plus piquante est évidemment celle des intellectuels parisiens — disons de l'université de Paris. C'est là qu'avait été élaborée la théorie de la « double monarchie », celle qu'avait prétendu instaurer le traité de Troyes ; en fait la première des idéologies remplaçant la légitimité de la tradition par une construction politique servant les appétits du vainqueur.

Aussitôt après l'entrée dans Paris du connétable de Richemont, les universitaires parisiens ont adressé au roi une lettre savoureuse : « Après les durs troubles que nous avons souffert longuement et les joyeuses consolations que Dieu, dans Sa grâce, nous a nouvellement envoyées par les moyens de la bénigne entrée et réduction soudaine et merveilleuse de votre bonne ville de Paris et de nous tous, vos très humbles sujets, pour vous exposer en cela, notre souverain seigneur, et déclarer à plein (pleinement) nos bonnes loyautés et intentions, nos longues afflictions, la joie que nous avons nouvellement reçue, la grande diligence, douceur et bénignité de Monseigneur le connétable et des autres seigneurs qui représentent votre majesté royale... »

Ils ont à cœur de souligner « la nécessité qu'il ait de bien entretenir l'abolition générale pour paix maintenir perpétuellement... ». Quelques-uns de ces universitaires ont à vrai dire préféré quitter purement et simplement la ville lors de l'arrivée du connétable — suivant en cela l'exemple de Pierre Cauchon, qui s'était hâté de regagner Rouen où il se sentait à l'abri. Mais on peut juger de la mentalité de bon nombre d'entre eux si l'on sait que, lorsque le roi se décide en 1437 à faire personnellement son entrée dans Paris, c'est Thomas de Courcelles qui est chargé par ses confrères de prononcer la harangue traditionnelle de l'université parisienne en l'honneur du souverain.

Forts de l'abolition générale, les universitaires de la capitale s'enhardissent peu à peu, et ne tardent pas à faire valoir leurs privilèges ; notamment leurs traditionnelles exemptions, par exemple lorsqu'il est question de lever un impôt, une « aide », pour le siège de Montereau, que Charles VII entreprend avant de se présenter lui-même à Paris. L'université ne consent à faire un effort « que pour cette fois et pour ce cas seulement », comme elle le précise explicitement. En revanche, elle ne manque pas de s'adresser au roi pour que soit abolie l'université de Caen, récemment créée — faute d'oser s'attaquer directement à celle de Poitiers, que Charles VII a érigée lorsque lui-même résidait à Bourges ou à Chinon. Par la suite, quand une nouvelle aide financière est levée pour la poursuite de la libération du territoire, notamment lors du siège de Pontoise en 1441, l'université répond par un refus. Les maîtres parisiens se mettent en grève et cessent leurs cours pendant trois mois, jusqu'au moment où leur est confirmée leur immunité financière.

Finalement, leur obstination se retourne pourtant contre eux. En 1446, le roi, excédé de leurs réclamations perpétuelles, finit par décider que tous les débats nés ou à naître à propos de l'université seraient tranchés par le Parlement : ce qui n'aboutissait à rien moins que l'assujettissement des universitaires à l'autorité royale. Autrement dit, l'autonomie traditionnelle qui avait caractérisé l'université parisienne dès ses débuts était désormais abolie. On peut considérer la date de 1446 comme celle de la fin de l'université médiévale proprement dite, qui jouissait de la liberté à elle garantie par le roi, Philippe-Auguste, aussi bien d'ailleurs que par le pape lui-même.

1446

Compagnies d'ordonnance et francs-archers

La France aborde la reprise des combats avec une armée renouvelée. Les « compagnies d'ordonnance » ont établi un ordre qui contraste avec la quasi-indépendance des capitaines agissant naguère pour le compte du roi. Elles sont complétées en 1446 par la création de compagnies de « francs-archers ».

On sait le rôle qu'ont joué, à Azincourt notamment, les archers anglais, avec leur arc long qui tirait cinq flèches pendant que l'arbalète à trait n'en tirait qu'une ; or l'arbalète était demeurée jusqu'alors l'arme favorite des Français, du moins dans l'infanterie. L'arc long va leur devenir familier. Désormais, ce sont les armées de France qui font figure de compagnies ordonnées et « modernes ». On va voir un peu partout, et notamment en Normandie, se former des compagnies de « francs-archers », tandis que Jean Bureau et son frère perfectionnent l'artillerie royale. La force armée est désormais entre les mains du roi.

MARS 1449

François Villon est reçu bachelier

Villon est né l'année même de la mort de Jeanne : 1431. Sa vie va être courte, mais son œuvre, marquée par deux testaments, reste universellement connue.

Poète admirable, on voyait en lui il n'y a pas si longtemps « le premier des poètes français » — faute d'avoir étudié ceux qui l'ont précédé : les magnifiques troubadours du Midi, les trouvères du Nord. Il marque en réalité la fin d'une époque, celle où la poésie est libre et ne se restreint pas aux formes qu'on croira nécessaire de lui assigner par la suite : le sonnet, la ballade, le rondeau, les vers de douze pieds que termine la rime obligatoire, etc. Ces formes apparaissent d'ailleurs à l'époque de Villon, mais sont alors loin de constituer les seules expressions poétiques admises.

François Villon a été le premier à évoquer Jeanne d'Arc, dans l'un de ses poèmes les plus célèbres, *La Ballade des dames du temps jadis.*

Après avoir mentionné nombre de femmes célèbres, de Thaïs à Héloïse, il ajoute :

Et Jeanne, la bonne Lorraine
Qu'Anglais brûlèrent à Rouen

Moyennant quoi on pourrait le rendre responsable de l'erreur qui fait de Jeanne une Lorraine — erreur qui a fait couler beaucoup d'encre. Domrémy où elle est née se trouve aux « marches » de Lorraine, c'est-à-dire à la frontière d'une province, dont le village est séparé par la Meuse. Mais il faut se souvenir qu'à l'époque de Villon la notion de frontière reste très vague ; on voyage alors sans passeport... Prendre l'affirmation du poète à la lettre a été l'erreur du XIXe siècle, au temps où Lorraine et Alsace se trouvaient détachées du territoire français. D'où la répercussion qui fut alors donnée à ce vers.

1449

Le Recouvrement de Normandie

L'année 1449 va être celle du « Recouvrement de Normandie ». La population y est tout acquise au roi de France, qui désormais fait figure de libérateur. Le 21 juillet, Verneuil est repris — Verneuil qui avait été le théâtre d'un véritable désastre vingt-cinq ans auparavant, lors de l'avance irrésistible des Lancastre, Verneuil où Bedford en personne avait fait déployer l'étendard « écartelé de France et d'Angleterre ». Mais Flocquet, très habilement, a su se concilier sur place des intelligences. Si bien que Dunois et Brézé, agissant pour le roi, n'ont qu'à paraître pour que la cité se livre à eux. Talbot lui-même, qui s'était avancé assez près, bat en retraite et se replie sur Rouen.

En même temps, les comtes d'Eu et de Saint-Pol reprennent successivement Pont-Audemer et Pont-l'Évêque, les 12 et 15 août 1449, puis Lisieux dont l'évêque, Thomas Basin, leur ouvre les portes. Enfin Carentan est repris le 30 septembre, tandis que Charles VII passe lui-même à l'action et vient s'établir à Louviers. Cependant François Ier, duc de Bretagne, reprend quant à lui l'ensemble du Cotentin.

10 DÉCEMBRE 1449

Le roi de France à Rouen

C'est alors que les habitants de Rouen s'insurgent. Devant cette prise d'armes, le gouverneur anglais, comte de Somerset, abandonne précipitamment le vieux palais qui était résidence anglaise depuis trente ans, et se replie sur Caen. Finalement, le 10 décembre 1449, Charles VII fait une entrée solennelle à Rouen, qui met fin aux longues années d'occupation.

Que se passe-t-il, dans cette ville qui a perdu le tiers de sa population, à l'entrée du roi ? Dans les 221 paroisses, il reste 5 976 habitants, au lieu des 14 992 qu'elles comptaient au début des combats. Et c'est cette population, insurgée, qui accueille Charles VII. Tous n'ont vraisemblablement pas eu le même réflexe que le personnel de l'archevêché : les registres de comptes conservés aux archives municipales de Rouen portent la marque d'un réflexe significatif : on a enlevé les anciennes verrières « et au lieu on a mis des verres blancs à la venue du roi ». Les anciennes verrières étaient naturellement aux armes de France et d'Angleterre, et l'on imagine facilement la scène, ces vitraux blasonnés hâtivement remplacés par des verres blancs !

Charles VII sait d'ailleurs œuvrer de façon a ménager les susceptibilités locales. Dès le mois précédent, Pierre de Brézé a été fait capitaine de Rouen, et il va devenir « grand sénéchal » de Normandie. Par ailleurs le roi confirme solennellement l'ancienne « charte aux Normands », s'engageant à ne pas lever d'autres taxes que celles qui seraient votées par la population, et il prend soin de maintenir les fondations pieuses qui ont été faites durant l'occupation par Bedford et les Lancastre.

Mais les préoccupations plus personnelles ne lui manquent pas : Agnès Sorel est venue le rejoindre, elle réside près de Jumièges, au Mesnil-la-Belle...

15 FÉVRIER 1450

Premiers pas vers la révision du procès

Hélas, à peine quelques semaines plus tard, le 9 février 1450, Agnès meurt. Probablement en couches, au Mesnil-la-Belle. Cette mort plonge, on l'imagine, le roi dans une grande affliction. Il prend soin d'instituer à Jumièges — puisque Agnès est morte très près de cette abbaye, et qu'elle-même y avait fait une fondation — quatre messes mortuaires, les 12 mai, 12 août, 12 novembre et 12 février de chaque année. Moyennant quoi il confère aux moines la seigneurie d'Anneville-sur-Seine. Plus tard, il fera élever à Agnès un mausolée magnifique à Loches, proche de la résidence qu'elle s'était vu attribuer aux environs de cette ville.

Cet événement tragique n'empêche pas Charles VII de penser aussi à celle qui est morte, dix-huit ans plus tôt, dans la ville où il vient de faire son entrée solennelle. On a dû lui montrer l'emplacement du bûcher sur la place du Vieux-Marché. Certainement aussi, il a pu voir les manuscrits du procès de condamnation, alors conservés à l'archevêché. Il adresse à Guillaume Bouillé, dont il a fait en 1439 le recteur d'une université parisienne épurée, une lettre qui va avoir quelque conséquence sur la destinée de Jeanne d'Arc et sa position dans l'Histoire.

Notons que cette lettre est du 15 février 1450, soit six jours après la mort d'Agnès Sorel. Le chagrin éprouvé par le roi a-t-il influé sur son attitude à l'égard de Jeanne ? Il est difficile de faire la part des sentiments, des remords peut-être, qui ont pu se mêler au fait qu'il foulait désormais le sol même de Rouen, qu'il parlait en maître là où la puissance anglaise semblait naguère installée pour toujours.

Quoi qu'il en soit, cette lettre ouvre un nouveau chapitre dans l'Histoire. « Comme jadis Jeanne la Pucelle a été prise et appréhendée par nos anciens ennemis et adversaires les Anglais, et amenée en cette ville de Rouen ; contre laquelle ils ont fait faire tel procès par certaines personnes, à ce commises et députées par eux ; dans lequel procès ils ont fait et commis plusieurs fautes et abus, tellement que moyennant ce procès et la grande haine que nos ennemis avaient contre elle, ils la firent mourir iniquement et contre raison, très cruellement : pour ce, nous voulons savoir la vérité dudit procès et la manière selon laquelle il a été conduit et procédé. Vous mandons, commandons et expressément enjoignons que vous vous enquériez et informiez bien et diligemment sur ce qui en est dit. Et l'information par vous sur ce faite, l'apportiez close et scellée devant nous et les gens de notre conseil... Car de ce faire vous donnons pouvoir, commission et mandement spécial par ces présentes... Données à Rouen, le quinzième jour de février, l'an de grâce 1449 (dans notre style 1450). »

15 MARS 1450

Bataille de Formigny

Cette lettre et l'enquête qu'elle demande d'entreprendre surviennent avant les événements décisifs. Car militairement, le roi d'Angleterre n'a pas encore lâché prise ; bien au contraire, Henry VI, en dépit des difficultés qu'il connaît de l'autre côté du Channel, lance une offensive, qui doit être livrée devant Cherbourg. Il a engagé pour cela des réserves, vendant les joyaux de la couronne, et a confié à Thomas Kyriel la conduite de l'expédition.

La rencontre a lieu le 15 mars 1450 à Formigny. Kyriel compte joindre ses forces à celles de Somerset, qui sur le continent a rallié tant bien que mal ses troupes éparses, mais — c'est la surprise du jour — Richemont surgit sur le champ de bataille à la tête de ses Bretons, provoquant un véritable désastre dans l'armée anglaise. On se rend compte alors que les conditions sont inversées par rapport aux batailles du début du siècle. Désormais ce sont les Français qui se trouvent équipés et bien dirigés, les Anglais reprenant vainement la tactique qui avait été la leur à Crécy ou à Azincourt.

Ils comptent, selon une estimation officielle, 3 774 tués et 1 400 prisonniers, dont Thomas Kyriel lui-même. Somerset ne va pas tarder à être fait prisonnier lui aussi, tandis que Cherbourg est libérée. Charles d'Orléans peut s'écrier :

Réjouis-toi, franc royaume de France.
À présent, Dieu pour toi se combat.

Le Recouvrement de Normandie est accompli.

MARS 1450

L'enquête de Guillaume Bouillé

Tandis que se déroulent les événements de Normandie, Guillaume Bouillé conduit l'enquête que le roi lui a confiée.

Les interrogatoires ont lieu les 4 et 5 mars 1450, au moment même où se prépare la bataille de Formigny. Est-ce cette proximité des événements militaires, impliquant un nouveau débarquement des forces anglaises sur nos côtes, qui explique que l'enquête n'ait pas, semble-t-il, été conduite très loin, ni n'ait totalement répondu aux exigences formulées ? Le père Doncœur, qui en a étudié très minutieusement le texte[1], a insisté sur l'insuffisance que présente le travail de Guillaume Bouillé. Il se peut aussi que les témoignages apportés par ceux qu'il a interrogés aient paru suffisants à Bouillé.

1. *La réhabilitation de Jeanne la Pucelle, l'Enquête ordonnée par Charles VII en 1450 et le Codicille de Guillaume Bouillé,* par le père Doncœur et Yvonne Lanhers.

En deux jours, il peut en effet interroger à Rouen des témoins de poids. Entre autres, Guillaume Manchon, qui avait été le notaire chargé de transcrire l'intégralité du procès de Jeanne « depuis le commencement jusque à la fin », et aussi Jean Massieu, qui durant ce même procès avait fait office d'huissier. C'est lui qui était chargé de conduire et de reconduire Jeanne de sa cellule à la salle du jugement, comme il la conduisit au cimetière Saint-Ouen, le jour où elle y comparut. De même a-t-il interrogé frère Isambart de la Pierre, frère Martin Ladvenu et aussi un moine plus jeune, frère Jean Toutmouillé, qui accompagnait Isambart lorsqu'au matin du supplice il était venu faire part à Jeanne de la décision des juges.

Surtout, un témoin essentiel se présente en la personne de Jean Beaupère. Celui-ci, maître en théologie, chanoine de Rouen et, nous l'avons vu, titulaire d'une multitude de bénéfices dans une multitude de couvents ou paroisses, avait été l'un des principaux interrogateurs de Jeanne, et aussi l'un des plus obstinés. Il ne retire d'ailleurs rien des préjugés qui l'ont animé, et trouve surtout, à propos de Jeanne, qu'elle était « bien subtile, de subtilité appartenante à femme ». Visiblement il a mal supporté, lui le maître en théologie, de se trouver contré par les réponses de la petite paysanne.

Complète ou inachevée, l'enquête royale

— ou du moins ce que nous en possédons — est néanmoins significative, et donne le ton du procès tel qu'il s'était déroulé. Elle projette aussi, remarquons-le, une lumière peu flatteuse sur certains des témoins, en révélant la docilité avec laquelle ils s'étaient pliés aux volontés du maître de l'heure, quels que fussent leurs sentiments intimes. Ainsi en ce qui concerne Isambart de la Pierre et Martin Ladvenu, qui s'étaient soumis à toutes les exigences de Cauchon — y compris quand celui-ci, après la mort de Jeanne, avait réuni quelques témoins du procès pour leur faire dire que la Pucelle avait renié ses voix.

Quelqu'un en tout cas est bien convaincu de l'innocence de Jeanne, et du « dol » qui entache le procès de condamnation : Guillaume Bouillé lui-même. On le voit rédiger le premier traité composé pour permettre « d'examiner en détails et plus à fond ce qu'il en est du procès inique que feu le seigneur Pierre Cauchon, alors évêque de Beauvais, fit tel quel contre ladite pucelle Jeanne qui en ce temps se battit pour défendre le royaume contre ses violents envahisseurs ». Ce traité (le Codicille de Guillaume Bouillé) passe en revue les principaux points du procès de condamnation, les reproches adressés à Jeanne, et examine en revanche les qualités dont elle fait preuve : humilité, bon sens, force, sincérité, charité. Il fait justice de l'unique grief auquel les juges avaient été finalement réduits :

le port de l'habit d'homme ; et aussi de l'accusation d'insoumission à l'Église, montrant qu'elle n'était pas fondée. Enfin, il réfute les douze articles qui prétendaient résumer les accusations dont Jeanne était victime, et qui avaient été présentés à des théologiens extérieurs au procès. Véritable plaidoyer que ce codicille, fondé sur une étude extrêmement attentive des manuscrits qui avaient été déposés à l'archevêché de Rouen.

1450-1451

La reconquête du royaume se poursuit

Cependant, la Normandie conquise, les offensives militaires ne s'en poursuivent pas moins, cette fois dans le Bordelais. Elles ne sont encore menées, en 1449, que par des seigneurs agissant au nom du roi, en particulier le sire d'Albret et le comte de Foix.

Il faut remarquer que cette offensive en Guyenne est fort différente de celle qui a été lancée en Normandie. La Guyenne est depuis trois siècles un fief du roi d'Angleterre, qui en maintes occasions a prêté hommage au roi de France. On assiste donc ici à la fin de ce monde féodal qui a régi tant l'Angleterre que la France pendant quelque quatre siècles — en fait depuis le Xe siècle. Or la Guyenne, en général, est attachée à son seigneur, sans parler des considérations d'ordre commercial : il a été prouvé que la consommation de vin par tête d'habitant était plus forte dans l'Angleterre du XVe siècle qu'elle ne l'est aujourd'hui. Surtout, les exactions comme celles qui se sont produites à Harfleur ou à Rouen n'ont jamais eu lieu en Guyenne, où la domination anglaise, bien antérieure à l'arrivée des Lancastre, a été paisible.

Mais, dans la foulée des événements récents, il devient évident que le roi et son entourage souhaitent expulser du royaume toute trace de pouvoir anglais. C'est dans cette perspective que, quand Gaston IV de Foix s'empare de Guiche, le 15 décembre 1449, il se voit conférer la dignité de « lieutenant général en Guyenne ». Ce sont ensuite Bergerac et Bazas qui, en 1450, sont enlevés par l'armée royale, que commande le comte de Penthièvre. En 1451, Dunois, l'ex-bâtard d'Orléans, reçoit le commandement des opérations dans la région, pour reprendre Montguyon et Blaye au mois de mai. Finalement Bordeaux se rend aux Français, qui y font leur entrée le 30 juin 1451. La prise de Bayonne va suivre, ainsi que celle de Saint-Jean-de-Luz.

MAI 1452

L'enquête de Guillaume d'Estouteville

Les événements qui pendant ce temps agitent la chrétienté vont retentir sur ceux de France.

L'année 1450 est celle d'un grand jubilé à Rome, où l'on voit accourir les foules, ratifiant en quelque sorte la difficile victoire de la papauté sur les conciles qui avaient tenté de la mettre en tutelle. Le tumultueux concile de Bâle a pris fin en 1449, et Nicolas V, qui a succédé en 1447 à Eugène IV, voit s'ouvrir une ère plus paisible après la démission du dernier antipape, Félix V, élu par les conciles. Nicolas V décide d'envoyer en France un légat, et il fait pour cela le choix de Guillaume d'Estouteville, frère de ce Louis d'Estouteville qui a soutenu pendant dix-huit ans la résistance du Mont-Saint-Michel, l'îlot minuscule qui avait tenu tête aux Anglais pendant toute la durée de leur offensive.

Reçu par le roi à Tours au mois de février 1452, le légat se dirige aussitôt après vers Rouen.

L'enquête menée par Guillaume Bouillé n'avait qu'un caractère, dirions-nous, purement laïc : elle demeure sans effet face au procès d'inquisition jadis mené par les clercs de l'université de Paris. Il importe donc de reprendre par le début toute la procédure concernant ce procès de condamnation. C'est ce qui est entrepris : une enquête ecclésiastique, menée du 2 au 22 mai 1452 sous l'autorité de Guillaume d'Estouteville. Celui-ci enverra d'ailleurs Guillaume Bouillé, ainsi que l'inquisiteur Jean Bréhal, faire part au roi des résultats de cette première enquête ecclésiastique. Guillaume Bouillé sera dorénavant mêlé de près à tout ce qui concernera le procès en nullité de la condamnation de Jeanne d'Arc : ce n'est que justice.

JUIN 1452

Procès de Jacques Cœur

Signalons pour l'Histoire qu'à peu près dans le même temps, au mois de juin 1452, un autre procès a lieu au royaume de France. Le même Jacques Cœur qui a été si longtemps l'homme de confiance de Charles VII, et qui a remis sur pied les finances du royaume, a été arrêté l'année précédente, au mois de juin 1451. On lui reproche — non sans quelque raison semble-t-il — une certaine habileté à faire passer une part des ressources financières du royaume, sur lesquelles il avait la haute main, dans sa cassette personnelle.

Jacques Cœur était sûr de l'appui du roi, qui ne lui avait jamais fait défaut. Il avait amassé une énorme fortune, principalement dans le commerce avec l'Orient. Il possédait des comptoirs à Lyon, à Marseille, à Montpellier, à Bruges, et l'on disait que ses vaisseaux qui sillonnaient les mers réalisaient plus de bénéfices que ceux de tous les autres marchands du royaume réunis.

Il avait acquis par ailleurs des mines dans le Lyonnais et le Beaujolais. Banquier, ministre, commerçant, homme d'industrie et homme d'affaires, il avait acheté une quarantaine de seigneuries, châteaux ou terres dans le royaume. Et l'on ne comptait plus le nombre de ceux qui étaient ses débiteurs.

À l'occasion de la mort d'Agnès Sorel, il a été une première fois l'objet d'accusations. Une certaine Jeanne de Vendôme l'a dénoncé comme ayant empoisonné la favorite royale, dont il était un ami sûr. Cette accusation a été écartée. Mais ses débiteurs, fort nombreux, sont revenus à la charge auprès du roi, dénonçant notamment les importantes sommes que l'argentier aurait prêtées au dauphin Louis XI à l'insu de son père. Cette dénonciation a troublé Charles VII, qui a décidé de faire arrêter Jacques Cœur.

Renversement total de fortune pour celui-ci, qui se croyait invulnérable. Le procès lui est fatal : il est condamné au bannissement de Paris, avec confiscation de ses biens. Après quelque temps passé en prison, il réussit à s'évader de Poitiers en 1455, et va offrir ses services au pape. Celui-ci songe alors à armer une flotte internationale pour s'opposer à la poussée de l'Islam. Jacques Cœur allait en prendre le commandement, quand il meurt dans l'île de Chio, le 15 novembre 1456.

On peut remarquer que, dans son cas comme

dans celui de Jeanne d'Arc — fort différent par ailleurs... — Charles VII est brusquement passé de la confiance au total abandon d'un homme qu'il avait longtemps privilégié. On pense au jugement que portera sur le roi le chroniqueur Georges Chastellain : « Quand on s'était élevé bien haut à la roue auprès de lui, subitement la retournait de haut en bas. »

29 MAI 1453

Chute de Constantinople, « fin du Moyen Âge »

Ce qui incite le pape à tenter de réunir une flotte, c'est l'avancée de l'Islam dans les terres orientales. Inquiétude largement justifiée, puisque le 29 mai 1453 un événement consterne la chrétienté : la prise de Constantinople par les Turcs. On sait comment le dernier empereur byzantin, Constantin Dragasès, est décapité par Mahomet II, qui envoie sa tête embaumée successivement aux diverses villes du nouvel empire turc, pour manifester son triomphe.

Vainement, le pape va tenter de susciter un nouvel effort de croisade par la voix de ses légats. Seul le duc de Bourgogne, Philippe le Bon, prononce les vœux au cours d'un banquet fameux : le festin du Vœu du faisan. Sa réponse se bornera du reste à ce vœu jamais accompli. La chrétienté semble inconsciente du changement radical qui s'opère alors dans le monde. Elle ne comprendra guère qu'au XVIe siècle, quand en 1529 les Turcs seront sous les murs de

Vienne. Encore François Ier fera-t-il alliance avec le sultan Soliman pour contrer Charles Quint.

Un nouveau chapitre s'ouvre dans l'histoire : la chrétienté ne songe plus désormais à s'opposer à l'avance musulmane. L'esprit est mort qui animait ceux partis quatre siècles auparavant pour libérer Jérusalem, et venir au secours de leurs frères chrétiens. On peut y voir la fin d'un état d'esprit, la fin d'un monde chevaleresque prêt à se lancer dans une aventure lointaine, aux dépens de ses intérêts immédiats.

17 JUILLET 1453

Bataille de Castillon

Cependant, divers événements en Guyenne retiennent à nouveau l'attention royale. John Talbot, le fameux capitaine qui jadis a remis son épée à Jeanne d'Arc, est entré à Bordeaux. Bien reçu par la population, il se prépare à soulever cette ville, qui n'a renoncé que de mauvais gré à une domination anglaise d'ordre féodal.

À nouveau les armées royales doivent s'affronter aux Gascons de Guyenne. Une bataille décisive a lieu à Castillon, près de Libourne, le 17 juillet 1453, où Talbot trouve la mort. Cette victoire détermine une seconde prise de Bordeaux, qui cette fois va être définitive (le 19 octobre). Charles VII fait construire au sud-est de la ville le fort de Hâ, destiné à maintenir le Bordelais sous sa surveillance.

11 JUIN 1455

La famille de Jeanne fait appel de la condamnation

L'enquête de 1452 a suffisamment établi l'innocence de Jeanne d'Arc pour que soit entreprise la révision du procès de condamnation. Très significativement, le pape Nicolas V nomme Guillaume d'Estouteville archevêque de Rouen, le 30 avril 1453. Ce n'est que l'année suivante, au mois de juillet 1454, qu'il est solennellement intronisé dans son archevêché.

Vers la même date, l'inquisiteur de France, Jean Bréhal, se rend à Rome. On a supposé que c'est à l'occasion de ce voyage qu'il obtient du pape le rescrit permettant d'entamer l'appel sur le procès. Il ne faut pas moins en effet qu'une décision pontificale pour faire appel d'un procès d'inquisition.

Dès ce moment, on suggère que la famille même de Jeanne se porte partie civile dans le nouveau procès. Sa mère, nous l'avons vu, réside alors à Orléans, ou peut-être dans le village proche de Sandillon, et deux frères de

Jeanne, Pierre et Jean, sont encore en vie. La famille dès lors doit se choisir un avocat : ce sera Pierre Maugier, docteur en droit canon et ancien recteur de l'université de Paris. Un procureur est également désigné, pour représenter Isabelle et ses fils lors des diverses sessions de tribunal dans des lieux éloignés comme Rouen, voire Domrémy. Ce Guillaume Prévosteau, un Normand, conseiller de l'Échiquier (conseil financier de la province), a déjà été requis par Guillaume d'Estouteville à diverses reprises, dans la procédure d'enquête.

Le pape Nicolas V meurt le 24 mars 1455. Dès le 11 juin suivant, son successeur Calixte III (Alphonse Borgia) délivre à la famille de Jeanne le rescrit l'autorisant à engager ce qu'on a longtemps appelé le procès de réhabilitation. Ce même rescrit désigne trois commissaires chargés de suivre la nouvelle action : Jean Jouvenel des Ursins, ex-évêque de Beauvais, devenu archevêque de Reims, Richard Olivier, évêque de Coutances, membre du chapitre de la cathédrale de Rouen, et Guillaume Chartier, évêque de Paris.

Ce dernier est le frère d'Alain Chartier qui, témoin des exploits de Jeanne, a composé sur elle une lettre enthousiaste, un véritable poème à sa gloire.

« Voici celle qui ne semble pas être issue de quelque lieu sur terre, mais plutôt envoyée du ciel pour soutenir de la tête et des épaules la France tombée à terre. Ô Vierge étonnante, digne de toute gloire, de toute louange, digne de tous les honneurs divins ! Tu es l'honneur du règne, tu es la lumière du lys, tu es la splendeur, la gloire, non seulement de la Gaule, mais de tous les chrétiens !... La France pourra se glorifier de cette seule pucelle et se comparer aux autres nations pour l'honneur des dames, et puis même, si elle le veut, se préférer à elles !... »

ÉPILOGUE

Réhabilitation de Jeanne, reconquête de la France

La France a désormais recouvré son territoire et ses frontières, sa monarchie en sort fortifiée, ses institutions vont faire loi partout dans le royaume. La fiction de la double monarchie anglo-française est dissipée.

En Angleterre même du reste, les événements acheminent vers sa fin la dynastie usurpatrice des Lancastre, qui avait cru s'assurer la conquête de la France. Le malheureux roi Henry VI, victime de sa tragique hérédité (il était le petit-fils de Charles VI le Fol) est frappé de folie en 1454. Les opposants, en particulier le duc d'York et le duc de Somerset, s'empressent alors de contester son pouvoir. Curieusement, on va accuser Henry VI de bâtardise. Son épouse, Marguerite d'Anjou, tente courageusement de défendre le trône. C'est la terrible « guerre des Deux Roses » : rose blanche d'York contre rose rouge des Lancastre. L'armée rassemblée par la reine sera battue à Wakefield, puis à Towton (1460-

1461). Elle-même trouvera finalement refuge en Écosse, tandis que le fils du duc d'York sera proclamé roi sous le nom d'Édouard IV. La dynastie des Lancastre n'aura ainsi occupé le trône d'Angleterre que durant une soixantaine d'années.

« J'avais une fille, née en légitime mariage, que j'avais munie dignement des sacrements de baptême et de confirmation et avais élevée dans la crainte de Dieu et le respect de la tradition de l'Église, autant que le permettaient son âge et la simplicité de sa condition... Pourtant certains ennemis l'ont fait traduire en procès de foi et, sans qu'aucun secours ait été donné à son innocence, en un procès perfide, violent et inique, sans l'ombre de droit, l'ont condamnée de façon damnable et criminelle et l'ont fait mourir très cruellement par le feu... »

La plainte d'Isabelle Romée, élevée à Notre-Dame de Paris le 7 novembre 1455 devant les prélats désignés pour le nouveau procès, et écoutée par les habitants d'Orléans venus en foule assister la mère de la Pucelle, a traversé les siècles sans rien perdre de son pouvoir d'émotion. Dans le remarquable récent film de Jacques Rivette, cette plainte ouvre d'ailleurs le récit de l'histoire de Jeanne, parfaitement replacée dans le cadre et le décor de son temps.

Dans une France retrouvée et apaisée, ce nouveau procès, mené avec le plus grand soin, et pour lequel les juges se déplaceront aussi bien à Domrémy qu'à Orléans, Rouen et Paris, est empreint d'une totale atmosphère de liberté. Les témoins les plus compromis, entre autres un Thomas de Courcelles, déposent et s'en retournent libres. Autrement dit, une atmosphère radicalement contraire à celle qui présidait aux débats du procès de condamnation de Jeanne d'Arc. C'est à ce procès, justement nommé depuis sa traduction par Pierre Duprat « procès en nullité de la condamnation », qu'on peut se reporter pour avoir une vue exacte des événements comme des personnes.

Tout un peuple s'exprime là. On a le sentiment d'entendre parler les laboureurs et les paysannes de Domrémy, auxquels succèdent les hommes d'armes qui ont accompagné Jeanne, y compris ceux qui l'ont le mieux connue, comme son intendant Jean d'Aulon. Des princes du sang comme Dunois ou le duc d'Alençon la racontent telle qu'ils l'ont vue, d'anciens juges au procès de condamnation, des témoins qui s'étaient tenus à distance évoquent son extraordinaire lucidité, sa prudence dans les réponses, qui parfois ont laissé le tribunal sans voix. On perçoit encore aujourd'hui, dans les réponses faites par les Orléanais aux questions des juges, l'immense enthousiasme qu'avait provoqué la libération si rapide, si inespérée de leur ville le 8 mai 1429. Jeanne enfant, Jeanne combattante,

Jeanne prisonnière, tous les aspects de cette personnalité qui n'a pas fini de nous étonner revivent à travers les paroles des témoins.

La sentence qui innocente Jeanne, rendue le 7 juillet 1456 à Rouen, met comme un point final à l'accomplissement d'une mission qui s'était poursuivie au-delà même de sa vie à elle. Dans un royaume apaisé, le peuple français, qui avait survécu grâce à son action et à son secours, peut désormais reprendre en main sa destinée.

DU MÊME AUTEUR

LUMIÈRE DU MOYEN ÂGE, Grasset, 1947. Réédité en 1982.

LES STATUTS MUNICIPAUX DE MARSEILLE, Édition critique du texte du XIIIe siècle, Paris-Monaco, 1949.

VIE ET MORT DE JEANNE D'ARC, Les témoignages du procès de réhabilitation, Hachette, 1953. Réédité en 1980.

LES CROISADES, Julliard, coll. « Il y a toujours un reporter », dirigée par Georges Pernoud, 1960.

JEANNE D'ARC, Éd. du Seuil, coll. « Microcosmes », 1959.

HISTOIRE DE LA BOURGEOISIE EN FRANCE, Tome I, DES ORIGINES AUX TEMPS MODERNES. Tome II, LES TEMPS MODERNES, Éd. du Seuil, 1960-1962. Réédité en 1977.

JEANNE D'ARC PAR ELLE-MÊME ET PAR SES TÉMOINS, Éd. du Seuil, 1962.

ALIÉNOR D'AQUITAINE, Albin Michel, 1966, et Livre de poche.

8 MAI 1429, LA LIBÉRATION D'ORLÉANS, Gallimard, 1969.

LE TOUR DE FRANCE MÉDIÉVAL, avec G. Pernoud - Réédité, Stock, 1983.

LE MOYEN ÂGE RACONTÉ À MES NEVEUX. Réédité, Stock, 1983.

HÉLOÏSE ET ABÉLARD, Albin Michel, 1970.

BEAUTÉ DU MOYEN ÂGE, Gautier-Languereau, 1971.

LA REINE BLANCHE, Albin Michel, 1972.

LES TEMPLIERS, P.U.F., coll. « Que sais-je ? », 1974. Réédité en 1977.

POUR EN FINIR AVEC LE MOYEN ÂGE, Éd. du Seuil, 1977.

LES HOMMES DE LA CROISADE. Réédité, Fayard, 1984.

LES GAULOIS, Éd. du Seuil, 1979. Réédité en 1983.

LA FEMME AU TEMPS DES CATHÉDRALES, Stock, 1980. Réédité en 1984.

SOURCES DE L'ART ROMAN, avec Madeleine Pernoud, Berg International, 1980.

JEANNE D'ARC, P.U.F., 1981.

CHRISTINE DE PISAN, Calmann-Lévy, 1982, et Livre de poche.

LA PLUME ET LE PARCHEMIN, avec Jean Vigne, Denoël, 1983.

LES SAINTS AU MOYEN ÂGE, avec Madeleine Pernoud, Plon, 1984.

SAINT LOUIS, Albin Michel, 1985.

LE MOYEN ÂGE POUR QUOI FAIRE ?, avec Jean Gimpel et Raymond Delatouche, Stock, 1986.

CARNET DE VILLARD DE HONNECOURT, ouvr. coll., Stock, 1986.

JEANNE D'ARC, avec Marie-Véronique Clin, Fayard, 1986.

ISAMBOURG, LA REINE CAPTIVE, avec Geneviève de Cant, Stock, 1987.

RICHARD CŒUR DE LION, Fayard, 1988.

SAINT LOUIS, Denoël, 1989.

JEANNE D'ARC, Denoël, 1990.

LA FEMME AU TEMPS DES CROISADES, Stock/Laurence Pernoud, 1990.

VILLA PARADIS, Souvenirs, Stock, 1992.

« J'AI NOM JEANNE LA PUCELLE », Gallimard, coll. Découvertes, 1994.

HILDEGARDE DE BINGEN, CONSCIENCE INSPIRÉE DU XIIe SIÈCLE, Rocher, 1994. Réédité en 1995.

SAINT MARTIN, Bayard, 1996.

COLLECTION FOLIO

Dernières parutions

4903. Dan O'Brien	*Les bisons de Broken Heart.*
4904. Grégoire Polet	*Leurs vies éclatantes.*
4905. Jean-Christophe Rufin	*Un léopard sur le garrot.*
4906. Gilbert Sinoué	*La Dame à la lampe.*
4907. Nathacha Appanah	*La noce d'Anna.*
4908. Joyce Carol Oates	*Sexy.*
4909. Nicolas Fargues	*Beau rôle.*
4910. Jane Austen	*Le Cœur et la Raison.*
4911. Karen Blixen	*Saison à Copenhague.*
4912. Julio Cortázar	*La porte condamnée* et autres nouvelles fantastiques.
4913. Mircea Eliade	*Incognito à Buchenwald...* précédé d'*Adieu !...*
4914. Romain Gary	*Les trésors de la mer Rouge.*
4915. Aldous Huxley	*Le jeune Archimède* précédé de *Les Claxton.*
4916. Régis Jauffret	*Ce que c'est que l'amour* et autres microfictions.
4917. Joseph Kessel	*Une balle perdue.*
4918. Lie-tseu	*Sur le destin* et autres textes.
4919. Junichirô Tanizaki	*Le pont flottant des songes.*
4920. Oscar Wilde	*Le portrait de Mr. W. H.*
4921. Vassilis Alexakis	*Ap. J.-C.*
4922. Alessandro Baricco	*Cette histoire-là.*
4923. Tahar Ben Jelloun	*Sur ma mère.*
4924. Antoni Casas Ros	*Le théorème d'Almodóvar.*
4925. Guy Goffette	*L'autre Verlaine.*
4926. Céline Minard	*Le dernier monde.*
4927. Kate O'Riordan	*Le garçon dans la lune.*
4928. Yves Pagès	*Le soi-disant.*
4929. Judith Perrignon	*C'était mon frère...*

4930. Danièle Sallenave	*Castor de guerre*
4931. Kazuo Ishiguro	*La lumière pâle sur les collines.*
4932. Lian Hearn	*Le Fil du destin. Le Clan des Otori.*
4933. Martin Amis	*London Fields.*
4934. Jules Verne	*Le Tour du monde en quatre-vingts jours.*
4935. Harry Crews	*Des mules et des hommes.*
4936. René Belletto	*Créature.*
4937. Benoît Duteurtre	*Les malentendus.*
4938. Patrick Lapeyre	*Ludo et compagnie.*
4939. Muriel Barbery	*L'élégance du hérisson.*
4940. Melvin Burgess	*Junk.*
4941. Vincent Delecroix	*Ce qui est perdu.*
4942. Philippe Delerm	*Maintenant, foutez-moi la paix !*
4943. Alain-Fournier	*Le grand Meaulnes.*
4944. Jerôme Garcin	*Son excellence, monsieur mon ami.*
4945. Marie-Hélène Lafon	*Les derniers Indiens.*
4946. Claire Messud	*Les enfants de l'empereur*
4947. Amos Oz	*Vie et mort en quatre rimes*
4948. Daniel Rondeau	*Carthage*
4949. Salman Rushdie	*Le dernier soupir du Maure*
4950. Boualem Sansal	*Le village de l'Allemand*
4951. Lee Seung-U	*La vie rêvée des plantes*
4952. Alexandre Dumas	*La Reine Margot*
4953. Eva Almassy	*Petit éloge des petites filles*
4954. Franz Bartelt	*Petit éloge de la vie de tous les jours*
4955. Roger Caillois	*Noé* et autres textes
4956. Casanova	*Madame F.* suivi d'*Henriette*
4957. Henry James	*De Grey, histoire romantique*
4958. Patrick Kéchichian	*Petit éloge du catholicisme*
4959. Michel Lermontov	*La Princesse Ligovskoï*
4960. Pierre Péju	*L'idiot de Shangai* et autres nouvelles
4961. Brina Svit	*Petit éloge de la rupture*
4962. John Updike	*Publicité*

4963. Noëlle Revaz — *Rapport aux bêtes*
4964. Dominique Barbéris — *Quelque chose à cacher*
4965. Tonino Benacquista — *Malavita encore*
4966. John Cheever — *Falconer*
4967. Gérard de Cortanze — *Cyclone*
4968. Régis Debray — *Un candide en Terre sainte*
4969. Penelope Fitzgerald — *Début de printemps*
4970. René Frégni — *Tu tomberas avec la nuit*
4971. Régis Jauffret — *Stricte intimité*
4972. Alona Kimhi — *Moi, Anastasia*
4973. Richard Millet — *L'Orient désert*
4974. José Luís Peixoto — *Le cimetière de pianos*
4975. Michel Quint — *Une ombre, sans doute*
4976. Fédor Dostoïevski — *Le Songe d'un homme ridicule* et autres récits
4977. Roberto Saviano — *Gomorra*
4978. Chuck Palahniuk — *Le Festival de la couille*
4979. Martin Amis — *La Maison des Rencontres*
4980. Antoine Bello — *Les funambules*
4981. Maryse Condé — *Les belles ténébreuses*
4982. Didier Daeninckx — *Camarades de classe*
4983. Patrick Declerck — *Socrate dans la nuit*
4984. André Gide — *Retour de l'U.R.S.S.*
4985. Franz-Olivier Giesbert — *Le huitième prophète*
4986. Kazuo Ishiguro — *Quand nous étions orphelins*
4987. Pierre Magnan — *Chronique d'un château hanté*
4988. Arto Paasilinna — *Le cantique de l'apocalypse joyeuse*
4989. H.M. van den Brink — *Sur l'eau*
4990. George Eliot — *Daniel Deronda, 1*
4991. George Eliot — *Daniel Deronda, 2*
4992. Jean Giono — *J'ai ce que j'ai donné*
4993. Édouard Levé — *Suicide*
4994. Pascale Roze — *Itsik*
4995. Philippe Sollers — *Guerres secrètes*
4996. Vladimir Nabokov — *L'exploit*
4997. Salim Bachi — *Le silence de Mahomet*

4998. Albert Camus — *La mort heureuse*
4999. John Cheever — *Déjeuner de famille*
5000. Annie Ernaux — *Les années*
5001. David Foenkinos — *Nos séparations*
5002. Tristan Garcia — *La meilleure part des hommes*
5003. Valentine Goby — *Qui touche à mon corps je le tue*
5004. Rawi Hage — *De Niro's Game*
5005. Pierre Jourde — *Le Tibet sans peine*
5006. Javier Marías — *Demain dans la bataille pense à moi*
5007. Ian McEwan — *Sur la plage de Chesil*
5008. Gisèle Pineau — *Morne Câpresse*
5009. Charles Dickens — *David Copperfield*
5010. Anonyme — *Le Petit-Fils d'Hercule*
5011. Marcel Aymé — *La bonne peinture*
5012. Mikhaïl Boulgakov — *J'ai tué*
5013. Arthur Conan Doyle — *L'interprète grec et autres aventures de Sherlock Holmes*
5014. Frank Conroy — *Le cas mystérieux de R.*
5015. Arthur Conan Doyle — *Une affaire d'identité et autres aventures de Sherlock Holmes*
5016. Cesare Pavese — *Histoire secrète*
5017. Graham Swift — *Le sérail*
5018. Rabindranath Tagore — *Aux bords du Gange*
5019. Émile Zola — *Pour une nuit d'amour*
5020. Pierric Bailly — *Polichinelle*
5022. Alma Brami — *Sans elle*
5023. Catherine Cusset — *Un brillant avenir*
5024. Didier Daeninckx — *Les figurants. Cités perdues*
5025. Alicia Drake — *Beautiful People. Saint Laurent, Lagerfeld : splendeurs et misères de la mode*
5026. Sylvie Germain — *Les Personnages*
5027. Denis Podalydès — *Voix off*
5028. Manuel Rivas — *L'Éclat dans l'Abîme*
5029. Salman Rushdie — *Les enfants de minuit*
5030. Salman Rushdie — *L'Enchanteresse de Florence*

5031. Bernhard Schlink	*Le week-end*
5032. Collectif	*Écrivains fin-de-siècle*
5033. Dermot Bolger	*Toute la famille sur la jetée du Paradis*
5034. Nina Bouraoui	*Appelez-moi par mon prénom*
5035. Yasmine Char	*La main de Dieu*
5036. Jean-Baptiste Del Amo	*Une éducation libertine*
5037. Benoît Duteurtre	*Les pieds dans l'eau*
5038. Paula Fox	*Parure d'emprunt*
5039. Kazuo Ishiguro	*L'inconsolé*
5040. Kazuo Ishiguro	*Les vestiges du jour*
5041. Alain Jaubert	*Une nuit à Pompéi*
5042. Marie Nimier	*Les inséparables*
5043. Atiq Rahimi	*Syngué sabour. Pierre de patience*
5044. Atiq Rahimi	*Terre et cendres*
5045. Lewis Carroll	*La chasse au Snark*
5046. Joseph Conrad	*La Ligne d'ombre*
5047. Martin Amis	*La flèche du temps*
5048. Stéphane Audeguy	*Nous autres*
5049. Roberto Bolaño	*Les détectives sauvages*
5050. Jonathan Coe	*La pluie, avant qu'elle tombe*
5051. Gérard de Cortanze	*Les vice-rois*
5052. Maylis de Kerangal	*Corniche Kennedy*
5053. J.M.G. Le Clézio	*Ritournelle de la faim*
5054. Dominique Mainard	*Pour Vous*
5055. Morten Ramsland	*Tête de chien*
5056. Jean Rouaud	*La femme promise*
5057. Philippe Le Guillou	*Stèles à de Gaulle* suivi de *Je regarde passer les chimères*
5058. Sempé-Goscinny	*Les bêtises du Petit Nicolas. Histoires inédites - 1*
5059. Érasme	*Éloge de la Folie*
5060. Anonyme	*L'œil du serpent. Contes folkloriques japonais*
5061. Federico García Lorca	*Romancero gitan*
5062. Ray Bradbury	*Le meilleur des mondes possibles* et autres nouvelles
5063. Honoré de Balzac	*La Fausse Maîtresse*

5064. Madame Roland	*Enfance*
5065. Jean-Jacques Rousseau	*« En méditant sur les dispositions de mon âme... »*
5066. Comtesse de Ségur	*Ourson*
5067. Marguerite de Valois	*Mémoires*
5068. Madame de Villeneuve	*La Belle et la Bête*
5069. Louise de Vilmorin	*Sainte-Unefois*
5070. Julian Barnes	*Rien à craindre*
5071. Rick Bass	*Winter*
5072. Alan Bennett	*La Reine des lectrices*
5073. Blaise Cendrars	*Le Brésil. Des hommes sont venus*
5074. Laurence Cossé	*Au Bon Roman*
5075. Philippe Djian	*Impardonnables*
5076. Tarquin Hall	*Salaam London*
5077. Katherine Mosby	*Sous le charme de Lillian Dawes*
	Rauno Rämekorpi
5078. Arto Paasilinna	*Les dix femmes de l'industriel*
5079. Charles Baudelaire	*Le Spleen de Paris*
5080. Jean Rolin	*Un chien mort après lui*
5081. Colin Thubron	*L'ombre de la route de la Soie*
5082. Stendhal	*Journal*
5083. Victor Hugo	*Les Contemplations*
5084. Paul Verlaine	*Poèmes saturniens*
5085. Pierre Assouline	*Les invités*
5086. Tahar Ben Jelloun	*Lettre à Delacroix*
5087. Olivier Bleys	*Le colonel désaccordé*
5088. John Cheever	*Le ver dans la pomme*
5089. Frédéric Ciriez	*Des néons sous la mer*
5090. Pietro Citati	*La mort du papillon. Zelda et Francis Scott Fitzgerald*
5091. Bob Dylan	*Chroniques*
5092. Philippe Labro	*Les gens*
5093. Chimamanda Ngozi Adichie	*L'autre moitié du soleil*
5094. Salman Rushdie	*Haroun et la mer des histoires*
5095. Julie Wolkenstein	*L'Excuse*

5096. Antonio Tabucchi	*Pereira prétend*
5097. Nadine Gordimer	*Beethoven avait un seizième de sang noir*
5098. Alfred Döblin	*Berlin Alexanderplatz*
5099. Jules Verne	*L'Île mystérieuse*
5100. Jean Daniel	*Les miens*
5101. Shakespeare	*Macbeth*
5102. Anne Bragance	*Passe un ange noir*
5103. Raphaël Confiant	*L'Allée des Soupirs*
5104. Abdellatif Laâbi	*Le fond de la jarre*
5105. Lucien Suel	*Mort d'un jardinier*
5106. Antoine Bello	*Les éclaireurs*
5107. Didier Daeninckx	*Histoire et faux-semblants*
5108. Marc Dugain	*En bas, les nuages*
5109. Tristan Egolf	*Kornwolf. Le Démon de Blue Ball*
5110. Mathias Énard	*Bréviaire des artificiers*
5111. Carlos Fuentes	*Le bonheur des familles*
5112. Denis Grozdanovitch	*L'art difficile de ne presque rien faire*
5113. Claude Lanzmann	*Le lièvre de Patagonie*
5114. Michèle Lesbre	*Sur le sable*
5115. Sempé	*Multiples intentions*
5116. R. Goscinny/Sempé	*Le Petit Nicolas voyage*
5117. Hunter S. Thompson	*Las Vegas parano*
5118. Hunter S. Thompson	*Rhum express*
5119. Chantal Thomas	*La vie réelle des petites filles*
5120. Hans Christian Andersen	*La Vierge des glaces*
5121. Paul Bowles	*L'éducation de Malika*
5122. Collectif	*Au pied du sapin*
5123. Vincent Delecroix	*Petit éloge de l'ironie*
5124. Philip K. Dick	*Petit déjeuner au crépuscule*
5125. Jean-Baptiste Gendarme	*Petit éloge des voisins*
5126. Bertrand Leclair	*Petit éloge de la paternité*
5127. Musset-Sand	*« Ô mon George, ma belle maîtresse... »*
5128. Grégoire Polet	*Petit éloge de la gourmandise*
5129. Paul Verlaine	*Histoires comme ça*
5130. Collectif	*Nouvelles du Moyen Âge*

5131. Emmanuel Carrère — *D'autres vies que la mienne*
5132. Raphaël Confiant — *L'Hôtel du Bon Plaisir*
5133. Éric Fottorino — *L'homme qui m'aimait tout bas*
5134. Jérôme Garcin — *Les livres ont un visage*
5135. Jean Genet — *L'ennemi déclaré*
5136. Curzio Malaparte — *Le compagnon de voyage*
5137. Mona Ozouf — *Composition française*
5138. Orhan Pamuk — *La maison du silence*
5139. J.-B. Pontalis — *Le songe de Monomotapa*
5140. Shûsaku Endô — *Silence*
5141. Alexandra Strauss — *Les démons de Jérôme Bosch*
5142. Sylvain Tesson — *Une vie à coucher dehors*
5143. Zoé Valdés — *Danse avec la vie*
5144. François Begaudeau — *Vers la douceur*
5145. Tahar Ben Jelloun — *Au pays*
5146. Dario Franceschini — *Dans les veines ce fleuve d'argent*
5147. Diego Gary — *S. ou L'espérance de vie*
5148. Régis Jauffret — *Lacrimosa*
5149. Jean-Marie Laclavetine — *Nous voilà*
5150. Richard Millet — *La confession négative*
5151. Vladimir Nabokov — *Brisure à senestre*
5152. Irène Némirovsky — *Les vierges et autres nouvelles*
5153. Michel Quint — *Les joyeuses*
5154. Antonio Tabucchi — *Le temps vieillit vite*
5155. John Cheever — *On dirait vraiment le paradis*
5156. Alain Finkielkraut — *Un cœur intelligent*
5157. Cervantès — *Don Quichotte I*
5158. Cervantès — *Don Quichotte II*
5159. Baltasar Gracian — *L'Homme de cour*
5160. Patrick Chamoiseau — *Les neuf consciences du Malfini*
5161. François Nourissier — *Eau de feu*
5162. Salman Rushdie — *Furie*
5163. Ryûnosuke Akutagawa — *La vie d'un idiot*
5164. Anonyme — *Saga d'Eiríkr le Rouge*
5165. Antoine Bello — *Go Ganymède !*
5166. Adelbert von Chamisso — *L'étrange histoire de Peter Schlemihl*

5167.	Collectif	*L'art du baiser*
5168.	Guy Goffette	*Les derniers planteurs de fumée*
5169.	H.P. Lovecraft	*L'horreur de Dunwich*
5170.	Tolstoï	*Le Diable*
5171.	J.G. Ballard	*La vie et rien d'autre*
5172.	Sebastian Barry	*Le testament caché*
5173.	Blaise Cendrars	*Dan Yack*
5174.	Philippe Delerm	*Quelque chose en lui de Bartleby*
5175.	Dave Eggers	*Le grand Quoi*
5176.	Jean-Louis Ezine	*Les taiseux*
5177.	David Foenkinos	*La délicatesse*
5178.	Yannick Haenel	*Jan Karski*
5179.	Carol Ann Lee	*La rafale des tambours*
5180.	Grégoire Polet	*Chucho*
5181.	J.-H. Rosny Aîné	*La guerre du feu*
5182.	Philippe Sollers	*Les Voyageurs du Temps*
5183.	Stendhal	*Aux âmes sensibles* (À paraître)
5184.	Dumas	*La main droite du sire de Giac* et autres nouvelles
5185.	Wharton	*Le Miroir* suivi *de Miss Mary* Parks
5186.	Antoine Audouard	*L'Arabe*
5187.	Gerbrand Bakker	*Là-haut, tout est calme*
5188.	David Boratav	*Murmures à Beyoğlu*
5189.	Bernard Chapuis	*Le rêve entouré d'eau*
5190.	Robert Cohen	*Ici et maintenant*
5191.	Ananda Devi	*Le sari vert*
5192.	Pierre Dubois	*Comptines assassines*
5193.	Pierre Michon	*Les Onze*
5194.	Orhan Pamuk	*D'autres couleurs*
5195.	Noëlle Revaz	*Efina*
5196.	Salman Rushdie	*La terre sous ses pieds*
5197.	Anne Wiazemsky	*Mon enfant de Berlin*
5198.	Martin Winckler	*Le Chœur des femmes*
5199.	Marie NDiaye	*Trois femmes puissantes*

Composition Traitext.
Impression CPI Bussière
à Saint-Amand (Cher), le 22 septembre 2011.
Dépôt légal : septembre 2011.
1er dépôt légal dans la collection : mai 1997.
Numéro d'imprimeur : 112985/1.
ISBN 978-2-07-040230-4./Imprimé en France.

238116